對你說的話

尾巴・著

悅知文化

01

就要死了嗎？

我慢慢地張開眼睛，看見了花白的天花板。

我像是做了一場很長的夢，長到甚至有種再也醒不過來的錯覺，所以在這時候，我不覺得自己已經醒來，身處在現實世界了。

但在那段長夢之中，於夢的國度內我到底經歷了什麼，卻也一點印象也沒有。

「嗯……」我發出輕微的呻吟，注意到自己無法活動自如，甚至全身都傳來一些疼痛。雙眼驚恐地打轉四周，注意到自己正躺在病床上，身邊都是精密儀器，一旁還傳來了心電圖的聲音。

「嗚……」我想呼喊，卻無法叫出聲，才注意到自己正戴著氧氣罩。

忽然，病房的門被打開了，我看見媽媽正拿著熱水壺走進來，她的臉色十分憔悴，將水壺放在病床邊的櫃子上時，轉身拿起了毛巾要幫我擦臉，但在對上我張開的雙眼時，她瞪大眼睛。

「妳醒了……天啊，護理師、護理師！」媽媽抓著我的肩膀卻不敢用力搖晃，一邊朝外大喊一邊淚流滿面，過一會兒繼父也跑了進來。

他們兩個看到我醒過來了，跪在床邊痛哭，直到醫生、護理師也衝了進來後，睏意突然來襲，我又再次睡去。

——

「我叫程柚詩，今年十六歲，升上高中一個月後就發生車禍，所以受傷來到醫院……」我一邊說一邊看著醫生、護理師、繼父、媽媽驚訝的表情，嚥了一下口水又繼續說，「呃，我好像被撞得有點嚴重，讓你們擔心了……」

「妳在說什麼呀？」媽媽忽然抱住我，崩潰地大哭。

「太太，請您冷靜一點。」護理師柔性地勸阻，而繼父在一旁緊咬著唇，不讓眼淚流出。

「媽，對不起，我應該走路要看路的……」我趕緊道歉。

雖然剛醒來的時候覺得全身痠痛，好像骨頭都散了一樣，但隨著醒來的時間變長，我發現身上的傷口並沒有想像得多。

那種痠痛，就像是週末睡得太久般肌肉痠痛罷了，這還真是奇怪。

「兩位，我們先到外面吧。」一直沒說話的醫生終於開口，對著爸媽說，接著四個人都走出了病房。

我環顧病房四周，居然是單人房，沒想爸爸媽媽這麼大手筆啊……從床上可以看見窗外的風景，從外頭建築物看來，我知道自己在哪家醫院。

我注意到前方有電視，看看電視好了，不知道車禍的消息會不會登上新聞。我拿起一旁的遙控器打開電視，按下了新聞台的台號，正播報著新形成的颱風消息。

「嗨，程柚詩小姐妳好。」門倏忽被打開，我嚇了一跳，遙控器還因此掉到地下。

「抱歉，嚇到妳了，我有敲門，但是沒有回應。」穿著白袍的女醫生帶著歉意，小碎步地跑來幫我撿起遙控器。

「沒關係。」我也笑著回應。

女醫生看了一下新聞台，又轉過頭對我和藹一笑：「我們先關掉電視好嗎？」

「啊，好的。」

女醫生笑著關閉了電視，然後把遙控器放回我的床頭櫃邊，站在我床邊將她胸前的識別證讓我看了下：「我是精神科的陳葳，第一次和妳見面，妳好。」

精神科？為什麼精神科的醫生會過來？

「我的醫生和爸媽都在外面……」

「是的，我有看見他們，就是妳的主治醫生請我過來和妳聊聊的。」

她比了一旁的沙發，像是在詢問我可不可以坐下，我點點頭，她便坐到了沙發上。

「為什麼我需要精神科的醫生呢……」我十分不安。

「別緊張，妳剛醒過來，一定有很多事情還不清楚，所以讓我來引導妳。」她一邊說一邊看了一下手錶，「現在中午十二點半，會不會肚子餓？要不要我叫外送呢？」

「我可以吃外送嗎？」聽到肚子都餓了。

「當然可以，要叫什麼？速食？」陳葳醫生拿出手機，和我討論菜色以後便點好了餐點。

「柚詩呀，妳說妳是上學時發生了車禍對吧？」在等待餐點來到時，她開始與我閒聊。

「對。」

「那妳記得詳細的過程嗎？聊聊一些事情，對妳會很有幫助的。」陳葳醫生說著，頓時讓我覺得有一點點古怪，彷彿是調查案情的問法，不應該由警察過來嗎？

啊，還是她在幫警察問呢？

「我就是過馬路的時候沒有注意，也不確定是不是我闖紅燈還是對方闖紅燈，總之就被車子撞到了。」我記得被撞到的當下，好像時間暫停了，而我像是飛了起來般，天空離我非常的近，然後又重摔在地，接著就是全身的劇痛。

不過……明明是這麼劇烈的撞擊，為什麼我身上一點傷也沒有呢？真是奇怪呢。

「妳記得對方是什麼車子嗎？」

「好像是公車……」怪了，被公車撞到這麼大的意外，應該會出現啊，怎麼剛才新聞沒有播呢？還是剛好沒看到？

「那除了這個，還有記得些什麼嗎？像是同學啦、校園生活啦。」

我忍不住笑了，「才開學一個月呢，當然沒有很要好的同學呀。」

陳葳醫生聽了後，也淺笑了一下，這時，病房門傳來敲門的聲音，護理師帶著外送的提袋進來。

「啊，我才想到，我真的可以吃這些嗎？不是說如果受傷的話飲食要清淡。」在咬下漢堡前我這麼問。

「嗯，沒問題的。」陳葳醫生也喝了一口可樂，「柚詩呀，妳記得今天是幾月幾號嗎？」

「十月三號呀。」我咬著漢堡，好好吃呀。
「嗯嗯，西元幾年呢？」
「二〇二一年。」
陳葳醫生停下了手上的動作，露出了「果然如此」的表情，接著從沙發起身來到我床緣坐下，輕柔地說著：「柚詩，我有個消息要告訴妳，妳別覺得太驚訝。」
被這麼一說，誰還能不驚訝呢？
我放下了漢堡，覺得心跳加速。
「今天是二〇二二年十月五號，距離妳剛說的『開學一個月』整整隔了一年，而且妳十七歲了，並不是十六歲。」陳葳醫生的話我聽不明白，她將手機螢幕轉向我，讓我看見上頭的年份。
「怎麼可能……？」我想找尋自己的手機，卻找不到。「今年明明是二〇二一年啊！」

「妳失去了去年一整年的記憶，當妳一醒來說了十六歲時，主治醫生就發現不對勁了。」陳葳醫生溫柔地握住我的手，卻說出了殘酷的話。

——

我躺在床上，轉著電視節目。

從新聞、綜藝節目、卡通進度來看，真的已經度過了一年。

根據媽媽告訴我為什麼會在醫院的原因是，我是升上高二後一個多月時，於上學的途中，經過當初發生意外的路口，忽然又暈倒了。

於是校方緊急將我送到醫院，但檢查都沒有任何問題，媽媽忽然想起一年前同一天的意外，問說我是不是什麼創傷症候群之類的，但主治醫生說沒見過這種情況，所以大家只能焦慮萬分等著我甦醒。

沒想到當我醒來後已經過了好幾天，記憶竟回到了一年前發生車禍的那一天，這讓所有人都訝異不已。

負責我的醫生是一位名為李晨光的年輕醫生，這段住院的時間他幫我檢查了許多項目，除了我有時會覺得頭暈想吐，又會不小心跌倒外，並沒有其他過於不舒服的症狀。

就這樣，我在醫院待了一個月，李晨光醫生認為我身體沒有太多狀況，而陳葳醫生也建議我回家好好休息，慢慢回想這一年發生的事情，並提議可以多多和朋友交流，找回記憶。

但住院的這一個月中，都沒有朋友來看過我，這讓我有點懷疑，我去年真的有交到朋友嗎？

出院後回到家，媽媽才把手機還給我。

粉紅色手機殼的手機並不是我記憶中所使用的，裡頭也新增了很多APP。

我點開了相簿，有著我去年一整年的活動紀錄，包含在學校與朋友的合照，或是一些貓狗花草的拍攝，以及男朋友的照片。

咦……我居然交了男朋友……

相片中對方有著柔順的黑色頭髮，笑起來只有右邊有個酒窩，每張照片我們都會頭靠著頭，看起來感情很好。

而我對他一點記憶也沒有。

同樣的，照片還有一個女孩的出場機率很高，頭髮到肩膀左右，總是與我用鬼臉拍照，一起去過很多地方玩，應該是很好的朋友。

我對她一樣沒有半點記憶。

難過的是，明明在照片中看起來感情很好，然而，在我住院的期間，沒有半個人來見過我。

我點開了手機的聊天軟體，然後嘆氣。

這就是奇怪的地方了，明明手機其他功能都是正常的，LINE的APP

也還在，輸入帳號後，卻要我重新註冊。是我注銷帳號了嗎？為什麼？

我原先以為是爸媽刪除的，可是我的手機有設密碼，就算他們能夠藉由偷壓我的指紋來開啟，也沒辦法破解LINE裡面的密碼呀。

唯一的解釋就是，是我自己刪除了所有的帳號。

但是為什麼呢？為什麼我會做出這種事？

於是，我放棄了從手機找尋線索，並且重新申請帳號，這麼做或許還比較快。

只不過，不知道要找誰加入，看著空蕩蕩的好友區，不免有些唏噓。

「柚子呀。」媽媽敲了房門，我從床上爬起來，坐到了床邊。

「是的，媽媽。」

媽媽打開了房門，似乎有點小心翼翼，而我總覺得對不起媽媽，居然讓她連續兩年在同一天這麼擔心。

「妳的那群朋友啊……就是照片的那些，他們想過來家裡看看妳，看能不能讓妳儘快想起過去一年的記憶，幫助妳回到學校上課……」媽媽頓了下，又乍然淚如雨下。

「媽，不要哭啦……」我自己也哽咽了。「但是他們……真的是我的好朋友嗎？」

媽媽驚恐地瞪大眼睛，不明白我為什麼會這樣說。

「因為，他們在我住院期間從來沒來看過我……」我老實地說，也不掩飾自己的脆弱，還有一點埋怨。

「這是媽的錯，是媽要他們暫時別打擾妳的。」沒想到媽媽卻這麼說，「因為妳才剛接受失去一年記憶的事實，我不希望有太多人來打擾妳，才會要他們都別和妳聯絡……」

原來是這樣子……我的心稍微舒坦了些。

「他們會分幾天來看妳，一次太多人來，怕妳無法負荷。」

媽媽輕輕抱住我。

「那明天是誰會過來呢？」

「是妳最要好的朋友，許晏寧。」

「好。」

雖然這麼回答，但是我對這個名字完全沒有印象，突然想起了相片中的長髮女生，或許她就是許晏寧吧。

「妳……對她有印象嗎？」

「沒有。」

媽媽看起來有些失望地說，「我想說妳這麼冷靜，是不是想起了什麼呢……」

「對不起……」

「不要道歉，這沒什麼好道歉的。」媽媽立刻抱住我，「是媽媽的錯，妳什麼錯都沒有。」

我扯了嘴角，也回抱了媽媽一下。

理性上我也知道不是我的錯，但從爸媽每次擔憂與失望的眼神，都在在讓我覺得是自己對不起他們，怎麼失憶這種如此電視劇的事情，會發生在我身上呢。

我試圖想從自己過去一年的生活軌跡找尋缺失的記憶，只是課本、筆記上都沒留下什麼重要的東西。

我記得在小學時就有寫日記的習慣，難道升上高一後，我就停止這個習慣了嗎？

轉頭看見了紅色的書櫃，我將自己的日記都放在那。這紅色的書櫃是繼父升國中時送我的，我非常珍惜。媽媽當時原本想買普通的書櫃給我，繼父卻堅持購買上好的木頭製作的書櫃。

繼父說：「我也想送女兒好一點的東西啊。」

我時常覺得我和媽媽十分幸運，能夠擁有像繼父這樣好的老公以及爸爸。

我記得，爸爸也有再婚。

但我為什麼會知道呢？爸媽離婚後應該就沒有往來了。

是媽媽跟繼父聊天時被我聽到的嗎？

「算了，也沒什麼好糾結的。」我搖頭苦笑，反正和爸爸都沒有什麼聯絡了。

於是，我拿起了書櫃上的日記，說是日記，倒比較像是記事本，大約都是記錄今天學校的功課，以及簡單的摘要罷了，沒什麼提到校園生活或是自己的心情。

也是，驀然想起媽媽會偷看我的日記，所以後來便不再寫日記了。

看樣子，要靠我自己摸索去想起過去不太可能了，或許還是要經由與朋友的聊天才會知道吧。

——

許晏寧和照片裡一樣漂亮，她的頭髮比照片裡還長一點，眼尾還畫上了眼線，一口潔白的牙齒與親切的笑容，手裡搖晃著剛買來的提拉米蘇。

「阿姨！我來了！」然而和她略微高冷的外表不同的是，個性十分熱情，她帶著點心到來，一見到媽媽便先給她一個擁抱。

我站在後方，看著眼前該是熟悉但又覺得陌生的女孩。

她見到我，先是愣了一下，只有短短不到一秒，便立刻再次漾開笑容，然後朝我奔來。

「柚子呀！」她給了我一個很大的擁抱，溫暖又熟悉，我的身體還記得曾經也被這樣抱過的感覺。

從她身上傳來的香味，也讓我頓時濕了眼眶。

「聽說妳不記得我了，那妳還欠我五千塊的事情記得嗎？」

「什麼？為什麼？」我驚呼。

「哈哈，開玩笑的啦！」她說完又緊緊抱了我一下，「我們去妳房間好好聊聊，我一定會讓妳想起來的！」

我看了媽媽一眼，她對我點頭微笑，「我等等再端飲料進去給妳們。」

許晏寧拉著我的手，似乎是個很習慣親密舉動的女孩，且熟門熟路地直接往我房間走去，看來她以前也來過好幾次。

一進到我房間之後，她便自己坐到了地板上，還從我床底下抽出一張小桌子。

「桌子上都生灰塵，妳都沒有擦喔！」

「妳還知道小桌子放在那……啊，對不起，妳一定來過好幾次。」我自己說完後也笑了。

「柚子呀，不要那麼拘謹，或許妳不記得了，但是我記得的。」許晏寧露出拿我沒辦法的微笑，「我們是很要好的朋友，什麼蠢事都一起做過，我想妳在手機裡一定看過很多我們的合照吧。」

我點點頭，「還有一張照片是我們被老師罵的，那是發生什麼事情啊？」

「哈哈哈，那是因為老師的假髮被我們使計給吹走了，結果我們逃太慢，才被老師抓到！當時馮品正這個壞東西，躲在旁邊笑然後拍下的，他明明也是共犯之一。」

「馮品正？」

「啊，抱歉，我應該先跟妳簡單介紹一下才對，我是許晏寧，是妳最要好的朋友，我們一起做過很多白痴的事情，妳的所有秘密我幾乎都知道。馮品正，是我們班的男生，長得很高大，愛惡作劇，但是成績還不錯，所以老師們都對他又愛又恨的。再來就是妳的男友，徐允澤了。」說到最後一個名字的時候，她特意放慢了速度，觀察著我的表情。

「我真的也不記得他了，過去一年的事情，我全部都不記得。」

「原來是真的……」許晏寧垂下眼睛，「阿姨告訴我們的時候，我們都沒有辦法相信……」

「……妳說我們是很要好的朋友，對吧？」

「嗯，超級要好。」她抓住我的手。

「那妳有發現我哪裡怪怪的嗎？」

「這是什麼意思？」

「就是情緒有沒有低落，還是行為有哪裡怪怪的。」我也說不上來那種感覺，決定把手機拿出來給她看，「妳瞧！我居然把整個帳號都注銷了，這不是很奇怪嗎？」

「怎麼會這樣，會不會是妳媽刪除的？」

「我媽為什麼要這麼做呢？」我歪頭，「況且，她不知道我的密碼，不可能解鎖的。」

「這樣我就不知道了……」她咬著下唇。

「所以我沒有怪怪的囉？」

許晏寧點頭，「妳暈倒的前幾天還跟我們有說有笑，也約好了週末要出去玩，一點跡象都沒有……」

「跡象？」

許晏寧些些睜圓眼睛，「我是說，會暈倒的跡象，妳看起來也很健康啊。」

「我也覺得很奇怪，明明只是暈倒，卻昏迷了快一個禮拜，還需要住院一個月。」

「嗯……」

許晏寧看起來心神不寧，手指頭不安分地按壓彼此。

「那妳對一年前的車禍有什麼印象嗎？」

「啊……什麼？」許晏寧似乎恍神了。

「就是我被公車撞到的那件事情。」我皺眉，「我猜想或許我有創傷壓力症候群，所以才會忽然在同一天想起來，並受到太大的衝擊而暈倒。」

事實上，這也是陳葳醫生告訴我的可能性。

「嗯，我們不要談車禍的事情了。」許晏寧搖晃著我的手，「我想起來就覺得可怕呢。」

「好吧。」想想也是，我不需要專注車禍的事故，應該想起過去一年的事情比較重要才是。

「那妳能說說我們怎麼認識，並且變成好朋友的嗎？」我甚至拿出紙筆想記錄下來。

「哈哈，妳還要做筆記嗎？」她靠過來抱抱我，「這種事情，是要靠心去感覺的，寫下來不就失去了溫度嗎？」

「我怕我記不得，事實上，我就真的忘記了很多事情呀。」我覺得十分沮喪。

「就跟《神隱少女》裡說過的台詞一樣，『曾經發生的事情不可能忘記，只是想不起來而已。』妳沒有忘記，只是暫時想不起來，但妳的身體、妳的心會記得的。」許晏寧微笑著，撫摸了我的臉頰，「所以說，不要強迫自己，就算妳真的都記不得了也沒有關係。」

「想不起來也沒關係嗎？」

「嗯，不管怎樣，妳就是妳呀！」她微笑著，眼眶含淚，「還是我最要好的那個朋友，程柚詩。」

「嗯，謝謝妳……我可以叫妳晏寧嗎？」

聽到我這麼說，許晏寧的表情一愣，隨即地說：「當然沒問題呀。」

「我這樣叫很奇怪嗎？」

「也不會，只是妳以前都叫我寧寧。」

「那我改成寧寧好了，這樣比較習慣。」

「不不，就維持妳想要的那樣吧。」許晏寧抓住我的手，「我希望妳就做妳自己。」

「做我自己……」我思考著這句話，遺忘了一年的記憶，真的還有辦法做自己嗎？

會不會找回了記憶以後，我就不再是我自己了呢？畢竟現在，我連自己都記不得呀。

「這好像是很哲學的問題……」

「嗯？妳說什麼？」

我立刻搖頭，這種無聊的想法沒必要讓許晏寧知道，「沒什麼，我只是在胡思亂想。」

「別想太多，無論什麼事情，妳都可以跟我商量。」許晏寧再一次握緊我的手，「就算都想不起來也沒關係，我們可以重新開始。」

「謝謝妳，妳好溫柔，好像和照片上形象不太一樣。」

她聽到我這麼說，忍不住笑了出來，「我照片上的形象看起來是怎樣的？」

「至少我沒想到會是講出這麼多體貼的話的人。」我立刻拿起了手機，點開了我們兩個的眾多合照，「瞧，我們都在扮鬼臉或是動作很誇張、表情很可怕的照片，一開始看妳的外表想說是高冷型，看了照片又覺得是愛熱鬧型的！」

簡單說起來，就是不會閱讀空氣的白目、自我中心類型。

「妳的意思是說，妳原本以為我是白目類型囉？」

沒想到會被她看破，我先是愣了一下，然後馬上結巴地說：「我、我又沒這麼說。」但這說話方式完全出賣了我那沒禮貌的先入為主觀念。

「哈哈哈，事實上我也是偏向那類型，但妳也是啊！」許晏寧大笑。

「我也是白目類型嗎？」我想了一下，自己是這樣個性的嗎？

我怎麼印象中自己應該是文靜乖巧的類型呢？

在高中一年內改變了這麼多嗎？還是因為好朋友是許晏寧的關係，所以連帶的也被感染了呢？

「當然！妳比我還要白目喔！只是現在妳失去記憶了嘛！所以我們還在認生的階段，就算妳沒想起我們的過去也沒關係，我相信我們還是能變成跟以前一樣好的！」許晏寧實在溫暖，不斷地說著我想不起來也沒關係的話，這真的很安慰到我。

「謝謝妳。」我由衷地說，不光是許晏寧的到來，更是她強而有力的暖意，讓我多日懸而未定的心稍稍安了些。

不要想起來，也沒有關係，因為許晏寧一樣會在我的身邊。

——

送了許晏寧離開以後，媽媽馬上跟著來到我的房間。

「妳們聊了些什麼嗎？有想起了什麼嗎？」

媽媽看起來有些緊張，我則是對她搖頭，總覺得有點抱歉。

「對不起，媽，我什麼也沒有想起來。」

「啊……媽不是那個意思，妳就算什麼都沒想起來也沒關係。」媽媽抓住我的手，我才注意到她的手在顫抖。

「那……是為什麼呢？我以為媽是要我快點想起來，所以才讓我同學們分別來家裡……」

「不是的、不是的。」她緊張地搖頭，極力否認著，「我不是要逼妳想起來，妳想不起來也沒關係，真的！只是我想說……妳終究還是要回到學校上課，我想要妳和同學熟悉一些……這樣子，妳回去也比較好銜接起來……」

媽媽的話有些微妙的怪異之處，我皺了下眉頭，「媽……全班同學都知道我失去記憶嗎？」

「不……只有妳要好的幾個朋友知道，我想說這種事情，還是別讓太多人知道，以免又出了什麼問題。」媽媽的眼神有些飄移，似乎很擔心她這樣的作法惹得我不高興。

「不，這樣做是對的。」畢竟我可不想全班都小心翼翼地對待我，「只要親近的朋友知道就好，即便想不起來，有她們的幫助，我也能快點步上軌道，回歸正常生活。」

媽媽鬆了一口氣，露出了笑容。

「走吧，今天妳爸爸要帶我們出去吃牛排，慶祝妳出院了。」

「牛排？媽，妳忘記我討厭牛排嗎？」我忍不住撒嬌，國二的時候因為吃牛排而腸胃炎後，就開始對牛肉的味道過敏。

媽媽的表情明顯一愣，張口像是要說些什麼，可是欲言又止，「啊……對呀，我都忘記了。」

「好難過呀，媽媽，妳也失去記憶了嗎？」我開玩笑的繼續撒嬌，但媽媽只是帶著有些遲疑的笑容，輕輕拍了我的頭。

「妳還記得腸胃炎的事情啊……」

「很痛呀，還去急診，整整一個禮拜都只能吃白稀飯，當然記得囉。」

「那除此之外，還記得什麼呢？」

「過去的事情都記得呀，但也不是什麼都記得。就像媽媽妳也不是什麼事情都記得一樣。」我故意反調侃媽媽，連我不吃牛排這件事情居然都可以忘記。

「也是……看來是媽媽真的老了，哈哈。」媽媽笑著走出我房間，「那我們改吃別的吧，妳整理好就快出來。」

「好～」

媽媽關上門以後，我環顧了自己的房間，想起媽媽、想起許晏寧，彷彿一切的不安都消失了。

就算記憶失去了一年又怎麼樣呢，我還在這，我身邊的人也還在。

所以，我並沒有失去什麼。

那天晚上，繼父帶著我和媽媽來到一家西班牙餐酒館，我還是第一次來到這樣的餐廳，即便失去記憶一年，我也能確信自己絕對不會和朋友來過這樣高單價又有質感的餐廳。

我吃得非常飽，一家三口度過了愉快的夜晚。

親生爸爸在我三歲的時候，與媽媽離婚了。

之後，媽媽遇到了現在的繼父，他們交往了很長一段時間，在我十歲那一年，那時還是「叔叔」的繼父約了我進行人生第一場約會。

當時我還吃牛排，他訂了一家可以看到臺北夜景的牛排餐廳，然後親切地與我聊天，他是一個非常溫柔又知識淵博的男人，能和我聊流行事物、也能聽我講無聊的女孩子煩惱。

最後，他開口問我，「柚子，我能夠娶妳的媽媽嗎？」

其實我也有預感他要說些什麼，在我心裡也早就接受這位「爸爸」了，只是沒想到他會這麼慎重其事地邀請我共進晚餐來說這件事，讓我有些受寵若驚。

我興起了想要鬧他的念頭，便跟他說：「如果我說不要呢？」

我只是一個小孩子，我原先想他們也不會徵求我的同意，但沒想到繼父卻說：「那我們就不結婚了。」

「這樣我不就變得像是壞人了嗎？」我嘟起嘴。

繼父看起來亂了手腳。

「不，不是這樣，沒有的，就算我和妳媽媽不結婚，也沒有關係，畢竟這也事關妳的戶籍跟意願……」

「開玩笑的啦。」我拿起一旁的飲料，對著繼父說，「爸爸。」

他當下的反應真的是「熱淚盈眶」不開玩笑，瞬間眼睛裡都是淚水，露出燦爛的笑容與我舉杯，說了不知道幾句的感謝。

我和爸爸分開太久了，已經不記得爸爸的模樣，也沒有和爸爸聯絡。

在我依稀的印象中，爸爸也是一個溫柔且疼愛我的存在。

為什麼這麼愛我的爸爸，和媽媽離婚後，就再也沒與我聯絡？

這一點，我一直覺得有點奇怪，不過因為現在的生活很開心，所以我也沒再問過，也不需要問。

畢竟有句話不是這麼說的嗎？

——沒有消息，就是最好的消息。

或許是這個緣故，當天晚上我居然夢見爸爸。

但礙於爸爸離開時我才三歲，對於他的長相，我是真的記不得了。所以夢裡的爸爸，鼻子以上是一片漆黑，不變的是嘴角依舊高掛。

從我嬌小的視角看來，坐在餐桌椅的他雖高大卻不令人畏懼，他伸手朝我展開，夢裡的我似乎才剛會走路一般，搖搖晃晃地來到他面前。

他笑著抱起了我，而我看見在廚房切著水果，一邊也笑著說話的媽媽。

「我的寶貝。」爸爸這麼說著，但我卻不能確定他的聲音到底是怎麼樣。

「啊，我的寶貝。」爸爸低頭往一旁看，而我就醒了過來。

這場夢，不知道是真實還是幻想。

我並不想念爸爸，畢竟沒有真正的相處過。

只是不免有點好奇，爸爸還會記得有我這個女兒嗎？

如果我真的曾經是他的寶貝，如果他知道我在去年受了這麼嚴重的車禍，今年又失去記憶暈倒，他會不會來看我呢？

不過冷靜一點後，我想著爸爸絕對不會知道的，畢竟他和媽媽沒有聯絡過，這些年我也從未問過爸爸的去處與長相。

所有相片之中，也沒有爸爸的蹤影。

或許這是對繼父的尊重，又或是，爸爸和媽媽不歡而散的證明罷了。

所以，我還是不要去問，才是明智之舉。

根據媽媽所說，我下禮拜一便會回到學校上課。

所以今天還會有人過來幫助我回歸校園生活。

我以為來的人會是馮品正，因為從許晏寧的話聽起來，馮品正和我也是不錯的朋友。

我從合照之中，也有看見他的身影，我與他單獨合照了不少張，每一張都看起來十分開心。不過，當媽媽說今天是最後一個人時，我便心中有譜，知道會是誰過來了。

「柚子，他來了喔。」媽媽的聲音從門口傳來。

「好。」

我深呼吸後，起身走向房門邊並打開門。

漆黑的雙眼與我正視，柔順又蓬鬆的黑髮服貼著他的頭型，他比我還高上半顆頭，見到我忽地開門有些驚訝，些些睜圓的眼睛讓我注意到他的瞳孔是黑色的。

徐允澤，我的男朋友。

「柚子，你們好好聊聊吧。」媽媽邊說，邊拍了拍徐允澤的肩膀。

「謝謝阿姨。」徐允澤的聲音出乎意料地十分有磁性且穩重。

他轉過頭看著我，不知怎麼地我竟然有些緊張。

「呃，請進吧。」我尷尬地說著，往後退了一些，讓他進來我的房間。

「妳失去記憶了。」他似乎在猶豫，並沒有進來。「妳記得多少？」

「嗯，全部不記得。」

「我的事情一點都記不得？」

「嗯。對不起。」

他盯著我看許久，最後踏入了我的房間。

「但妳知道我們的關係吧？」

「對，雖然沒有記憶……」

他一進到我的房間便關上了門，順手將外套放在門後的衣帽架上，他很熟悉我房間的擺設，過去一定也進來過好幾次。

「如果妳覺得這樣很不自在，我們可以退回朋友的關係。」

「什麼？」

我沒料到他居然會說出這樣的話，從他的表情我甚至看不出他在想些什麼。

「對妳來說，我就是一個陌生的男生不是嗎？」

他面無表情，靜靜地說。

「但對你來說，我不是你的女朋友嗎？我還是那個程柚詩不是嗎？」

聽到我這樣的話，他露出了難以解讀的模樣，微微皺了眉頭，盯著我許久。

「怎、怎麼了？」

「妳還記得妳是程柚詩？」

「咦？」

「我是說……」

扣扣。

敲門聲傳來，打斷了我們的對話，我喊了聲「請進」，媽媽端著飲料和餅乾進來，對著我們輕輕微笑。

「打斷你們說話了，我送點心進來。」

她將飲料從桌面上推往徐允澤的面前，對他露出有些歉疚的笑容：「抱歉呀，允澤，給你添麻煩了。」

「……不要這麼說，阿姨。」徐允澤扯了嘴角。

「柚子，雖然妳忘記了，但媽媽見過允澤好幾次，知道他是一個好孩子，妳別對人家太苛刻喔。」

「我才不會呢，好啦，媽，妳不要這麼擔心啦。」

「呵呵，不打擾你們了，那我就出去囉。」媽媽將點心都擺放完畢後，笑著離開了房間。

關上門後，我們彷彿又陷入尷尬。

我拿起飲料喝了一口，是雪碧，我最喜歡的飲料。

「妳不是不喜歡雪碧嗎？」徐允澤皺眉。

「有嗎？我最喜歡這個耶。」難道是過去一年我的喜好改變了嗎？

「妳喜歡的是可樂。」

「嗯……差不多啦，都是汽水。」

「不一樣！」徐允澤有些激動。「一個是黑的、一個是白的，雖然都是汽水，但外觀就差很多，喝起來也不大相同！」

「喔……你這麼說，那就是吧。」不知道該怎麼回應的我，也只能這樣說。

「我不是故意激動的。」他嘆了一口氣，「只是這些話是妳說過的。」

「真的嗎？我說過的？」

我會這樣說話嗎？我明明喜歡的是雪碧呀。

「難道是你喜歡喝可樂嗎？」

「嗯。」

「所以我可能是為了你，才會去喜歡可樂的吧。」原來我是會為了男友改變自己喜好的類型，我自己都不知道。

「不，是妳喜歡可樂，我才喜歡的。」徐允澤再次嘆了長氣，「我們就別緬懷過去了，從今天重新開始吧。」

「嗯……你的重新開始，是什麼意思呢？是你剛才說的那樣，我們恢復成朋友關係嗎？」

他凝望著我，「妳不記得我，也不記得我們的過去，用朋友的身分在妳身邊，妳應該也比較沒有壓力。」

「但……你沒關係嗎？」

「沒關係。」他善解人意的模樣，和我想像中的男朋友該有的樣子不太相同。

我以為，他會抱著我哭，會說什麼他會等我想起來，或是他會等我喜歡上他之類的。

沒想到徐允澤卻說，為了不讓我感到壓力，所以要和我退回朋友關係，而且從他的表情上我看不到任何情緒，根本無從得知他在想什麼。

「老實說，我鬆了一口氣，但同時也覺得有點……失望？」我咬了下唇，「我們是什麼時候開始交往的？」

他只是盯著我。

「是誰先告白的？我們有吵架過嗎？我們去過哪些地方？在你眼中我是怎麼樣的人？」

他依舊盯著我許久沒有回應。

「徐允澤？」

直到我喚了他的名字，他才像是稍稍回神一般，失焦的雙眼再次對上我的眼睛。

「那就想起來。」

「什麼？」

「不要問我，妳要想起來。」終於在他的臉上看到一絲波瀾，他握緊手裡的飲料杯，微微顫抖著。

「如果我想不起來呢？」

「那就也沒有辦法。」

「但你希望我想起來？」

「對。」

「為什麼？是因為想起來我們才能恢復以前的關係嗎？」

「不是。」徐允澤皺了眉頭，流露出些許哀傷，「是為了妳自己。」

扣扣——

再次傳來敲門聲，這次不等我說請進，媽媽已經推開房門。

「你們要不要再吃點什麼呀？」媽媽的表情看起來有點不自然，而徐允澤也趕緊低下頭。

「媽，妳才剛進來沒多久……」

「我要回去了，不會打擾太久。」徐允澤立刻起身。

「啊，多坐一會兒啊。」我們幾乎沒聊到什麼。

「我看外面也快下雨了，快點回去也好。」媽媽微笑著說，而徐允澤起身就往門外走。

我立刻要跟著追上，但媽媽已經將徐允澤送出去家門。

「媽，妳為什麼要趕他走？」

「趕？我沒有要趕他啊，不是都說了外面快下雨，難道要讓人家淋雨嗎？」

「外面太陽還這麼大耶，況且就算真的下雨，我們家裡有傘借給他一把就好了啊。」

「反正就是這樣，妳快點整理好明天要上課的東西吧。」媽媽說完就往廚房走去，準備晚餐的食材。

我有些生氣的走回房間，搞不懂媽媽是怎麼回事。

難道她不喜歡我的男朋友嗎？所以才會這樣把他趕走？

但如果不喜歡的話，就沒必要把徐允澤叫來家裡呀，應該趁這個機會讓我和徐允澤就此分開才是。

就在我來回踱步時，赫然發現在房門後的衣帽架上還有徐允澤的外套，我趕緊拿了外套就要追出去，看有沒有機會追上他。

可是當我走出房間時，卻聽見媽媽正壓低聲音在和人說話，出於好奇，我小心地靠了過去。

「……阿姨很失望，你怎麼能這樣子……」媽媽像是在跟電話那頭的人抱怨。

「不是說好了，沒想起來也沒關係，你怎麼能要她想起來？」

我心臟震了一下，難道媽媽在跟徐允澤講電話？

我立刻躲到一旁，想聽清楚媽媽還說了些什麼，但她的聲音太小，我也聽不到徐允澤電話那頭的聲音，只能依稀根據媽媽的說詞，拼湊出一個我不願相信的事實。

媽媽並不希望我想起過去一年的事情。

02

我就讀的高中是位於上坡處的綠山高中，校名恰如其處，校園綠意盎然，群山環繞，空氣十分清新，腹地也大。

在這上課，不會有被鎖在水泥森林的窒息感覺，反倒像是在郊遊一般，十分舒服。

然而，我對這所學校的記憶，全來自國中挑選學校時的印象。雖然我確確實實地在這裡唸書了一年，但記憶卻是零。

「早安，柚子。」許晏寧和我約在距離學校兩個路口的地方，同時也是媽媽送我下車的地方。

「晏寧呀，就麻煩妳多照顧柚子囉。」媽媽搖下車窗。

「阿姨，妳放心吧！」許晏寧也熱絡地彎腰回應媽媽。

「好了啦，媽，妳快走吧。」我覺得有些不好意思，我從國小就都是自己走路上學，早就不習慣給家長送到學校了。

好不容易目送媽媽離開，出於雙重確認我又問了許晏寧，我以前是不是都自己上學。

「哈哈，當然，偶而我們還會約在站牌一起搭公車上山喔。」許晏寧說完後搖搖頭，「妳媽就是太擔心了啦！」

「有點擔心過頭了，我不過就只是失去記憶，生活能力又沒問題。」

「我很好奇，這樣學校的課業妳記得嗎？」

「意外的，我居然記得耶。」這是我覺得最不可思議的地方。「尤其是數學，我以前數學成績是不是很好？」

「對，妳簡直是數學小天后！」

昨天晚上，我翻了一下高二的課本，卻發現我對於「知識」方面並沒有遺忘太多，就連高一的進度我也都記得，甚至拿出了考卷也會做好幾題。

「這讓我鬆一口氣，要是從零開始學的話，我真的會頭痛死，乾脆留級好了。」

「哈哈哈哈！妳現在就有一點像以前搞笑的方式囉。」許晏寧勾起我的手說。

「真的？說不定回到學校以後，我很快就會想起來。」我十分樂觀。

「不用勉強想起來也沒關係，就當重新來過，一切都是新的開始。」

她的話讓我想起徐允澤，也許我該問問她的意見，畢竟她是我的好朋友，對我的「男朋友」應該也有一定程度的了解。

所以我把昨天的事情都告訴她，但是她聽完卻只是露出了有些尷尬的笑容，看起來不知道怎麼回答。

「怎麼了嗎？」

「沒有啦，嗯～只是沒想到徐允澤會說出要妳想起來的那句話，不過好像也蠻符合他的個性……」

「怎麼說？他是怎麼樣個性的人？」

「他喔……與外表不太相符，算安靜的類型，但朋友也很多，只是不是陽光少年、下課去打球啦、或是班級中心人物……」許晏寧瞄了我一眼，「妳才是班級中心人物。」

「我？」我十分驚訝，這重大消息怎麼沒有先跟我講。

「不過妳也不要壓力太大，就大概是妳講話大家都會聽進去，妳的意見大家比較會參考那樣。」許晏寧頭靠在我的肩膀上，我們一路往學校的方向走。

「這樣大家會不會發現我失去記憶？因為個性一定不太一樣，然後我又沒有和每個人相處的記憶。」我感到不安。

「不會啦，雖然妳是中心人物，但妳最要好的朋友就只有我，和其他人都保持著一種君子之交的距離，所以我想，妳只要做妳自己就好。」她豎起拇指，「妳應該有把我給妳的班級照片和名字都背起來了吧？」

「有，謝謝妳，那幫助真的很大！」我由衷感謝。

許晏寧把全班每個人的名字、外號、照片、ＩＧ，以及與我有過什麼比較重大的交集，都做成了詳細的電子檔案給我，讓我先稍微預習一下，有個心理準備。

「那我考妳，班長叫什麼名字？」

「宋薇婷，戴眼鏡綁辮子，是班上愛打小報告的女生，但還算是通情達理，和我的關係還可以！」

「那坐在我旁邊的是誰？」

「蘇小乖，很愛黏著我，我覺得她有一點煩，可是還算懂得看人臉色，也很單純可愛！」

「那體育股長呢？」

「劉佑睿，以前對我告白過。現在似乎也還喜歡我，不過並沒有過多的舉動！」這麼說讓我有點害羞。

「很好！妳比較需要小心的是馮品正，畢竟他和我們比較常來往，別讓他發現破綻就好。」許晏寧叮嚀，「不然他嘴巴很大！」

「難怪沒有找他來……」

「哈哈哈，只要他一知道，全班馬上就會知道！」

就在快要走到校門口的時候，我又問了許晏寧，難道班上的人都不知道我是住院了一個月嗎？

這件事我忘記詢問媽媽，但我想許晏寧一定最清楚。

「如果大家都知道我住院的話，一定就會問我怎麼了，更容易聯想到……」

「大家不知道妳住院。」許晏寧打斷我的話，「除了我、徐允澤和老師們以外，沒有人知道妳住院。」

「那、那我這一個多月沒來學校，是什麼理由？」

「妳們家送妳出國遊學。」

「這還真是……完美理由。」

我們踏進了校園，正中庭有個小水池，圍繞著水池是一圈長椅，而後頭的半圓形建築物中間有橋的連接，建築物使用的顏色都是紅色磚瓦，周邊都種植植栽，看起來就像是在電影裡頭出現過的空中城堡一般。

「但是我去年被公車撞到，今年差不多時間又在學校外面暈倒，怎麼可能沒有任何一個同學知道呢？」我又問。

「妳不要跟同學提到被公車撞到，也不要提到暈倒的事情。」許晏寧抓緊我的手腕，焦急地說。

「為什麼？」

「因為、因為……」她皺緊眉頭，眼神飄移，一副找不出理由的模樣。

「天呀！柚子妳終於來上課了！」忽然一個女生的聲音打斷了我們。

沒想到這個女生還從我後方撲向我，差點讓我往前倒。

「蘇小乖！妳小心一點！」許晏寧立刻推開蘇小乖。

「唉唷，我又不是故意的，而且也沒有撞得很大力啊，幹麼這樣推我啦！」蘇小乖有些不滿地說。

我看著她，蘇小乖就跟照片上一樣，圓圓的臉蛋十分有福氣，長長的睫毛，笑起來嘴角有酒窩，加深了她的可愛。

「我只是……」我知道許晏寧是因為我出院沒多久，擔心我身體可能無法承受這樣的撞擊，但又不能說出我住院的事實，所以顯得她剛剛好像在找蘇小乖麻煩一樣。

「哇，妳好像瘦了一點，英國東西果然沒有臺灣好吃齁！」蘇小乖看起來像是不拘小節的類型，馬上就忘記剛剛的不快，改捏著我的手臂問道。

「哈哈，大概是吃不習慣吧。可是我覺得沒有瘦很多啊。」

「這樣不行，今天餐廳的午餐是義大利肉醬麵，我會把我的肉塊分給妳吃，好好補一下！」

「那就先謝謝妳了。」我如此說，而她非常滿意。

我們三個人一起走進教室，班上的大家見到我都很開心，並且熱切地向我打招呼。

慶幸自己的記憶力不錯，每個同學我都叫得出名字，目前往來相處也沒什麼大問題，看樣子可以安全度過。

班導是一個四十多歲的女人，名叫顏秋惠看起來雖然嚴肅，不過從說話的用詞和語氣，可以知道她是個明事理又優雅的人。

下課的時候，她把我叫去了導師室，名義上是要讓我拿一些缺席的功課，實際上她是想問我狀況如何。

「除了我和校長、主任以外，其他老師包含同學們都認為妳是出國遊學一個月。」

「嗯，許晏寧有跟我說。」

「那關於妳真正的狀況，只有我、許晏寧，還有徐允澤知道。」顏老師講得含蓄。

「謝謝老師。」感覺顏老師好像有點憐憫我。

我不知道這樣的用詞對不對，但我真的感受到了憐憫以及同情，是因為我住院昏迷又失憶的關係，老師才會這樣嗎？

為了緩和這樣的氣氛，我笑著說：「但是老師，很神奇的是，關於學校的功課我都記得，這樣至少學業不會落後太多。」

顏老師聽完先是一愣，接著笑了起來，「是呀，妳的學習成績一直都很好，個性也是這樣樂觀開朗，抱歉，老師的態度如果讓妳不愉快的話……」

「千萬不要這麼說，老師！我真的很感謝妳。」我比著手裡拿的各科筆記本，這些都是顏老師所整理、這一個月我所缺失的課程。

哪一個老師會為學生做到這種程度呢？

顏老師溫柔一笑，「有需要我協助的地方，一定要告訴我。」

「謝謝老師。」

離開了導師室時，我站在走廊環顧著校園。

明亮的太陽，遠處的鳥叫聲，群山與風的圍繞，樹葉的晃動，光影的變化。校園各處傳來的嬉笑聲音，還能聽見操場上的運球聲，腳步紛沓在走廊的聲響。

這一切都這麼的熟悉，即便我的腦子忘記了過去一年的事情，我的身體依舊記得我曾在這生活了一年。

「柚子！」

「哇！」

「抱歉，我又嚇妳一跳了嗎？」蘇小乖雙手合掌，瞇起一邊的眼睛對我道歉。

「沒有啦，怎麼了嗎？」

她幫我拿了手上的幾本筆記，然後東張西望了一下，「要等到妳自己一個人真的好難，許晏寧一直跟在妳身邊，真奇怪，是因為妳請假一個多月的關係嗎？不然她以前也沒這麼黏妳呀。」

這問題我也只能乾笑，許晏寧或許是怕我臨時會忘記朋友的名字，或是有哪裡無法應對，才會一直跟在我身邊吧。

對比緊張兮兮的許晏寧，徐允澤倒是一直坐在自己的位置上，甚至沒有過來跟我說話。

「怎麼了嗎？有什麼事情要等我一個人嗎？」我笑著問。

「喔，因為妳之前說不能告訴別人，所以我才想說……」蘇小乖說得一臉無辜，而我卻瞪大眼睛。

「我說了什麼事情？」我立刻停下腳步，拉住她的手腕。

她被我有些激動的反應嚇到，歪頭看著我：「就、就是之前暑假和我出去的時候跟我說的，妳說要做一件大事，開學後我們大家都會嚇一跳。」

我愣住，這件事情沒有人跟我講，不，會不會其他人也不知道？

「那、那妳覺得是什麼事情？」我盡量平穩自己的內心，別讓她發現我的奇怪。

「我原本以為是妳和徐允澤分手！但之後得知妳出國遊學，想說應該是這個，可是今天早上看妳和徐允澤幾乎沒有互動，所以真的分手了？」

「為什麼會覺得是我和徐允澤分手？」

「因為你們兩個暑假前感覺就一直怪怪的，應該是說妳怪怪的，對徐允澤很冷淡，他倒是還黏著妳……不過今天看起來，連他也冷淡了……」蘇小乖湊到我身邊，「所以你們真的分開了嗎？」

我不知道要怎麼回答，徐允澤說退回朋友關係，只是這樣真的好嗎？

而且為什麼我上個學期會和徐允澤相處怪怪的這件事情，徐允澤也沒有跟我說，難道我們本來就快要分手了？

所以他才會順水推舟，講得好像是為我著想一樣，說退回朋友關係？

不對……蘇小乖是說，先冷淡的是我，徐允澤還是黏著我。

所以問題應該是出在我身上？

「真的嗎？柚子，你們真的分手了？」見我沒有回答，蘇小乖下了結論，「妳如果真的分手，劉佑睿會高興死欸！他一直都很喜歡妳，要是……」

「沒有分手。」徐允澤不知道什麼時候出現在我們身後，這讓蘇小乖嚇得倒抽一口氣，趕緊躲到我後面。

「我、我也只是講講，不要生氣呀。」蘇小乖陪笑地說，「那沒事我就先走囉！」

說完，她就把筆記塞回我手上，然後一溜煙地跑掉。

「她很怕你？」我反問徐允澤，他卻只是聳聳肩，看了一下我手上的筆記本，伸手全部拿走。

「啊！」
「怎麼了？」
「沒什麼，沒想到你會幫我拿。」
他一臉像是我問了可笑的問題，彷彿這是多理所當然的事情。
「因為你不是提議要和我退回朋友關係嗎？今天還一整個早上都不理我。」我並沒有鬧彆扭，只是說出來的話變得像是這個樣子。
「……我只是不想讓妳感受到太大的壓力。」
「你有聽見剛才蘇小乖說的話嗎？他說我們暑假前有些問題？」
「……」
「你為什麼不告訴我？」我緊跟在他身後想追問答案。
「因為連我也不知道為什麼！」他停下腳步，有些氣惱地回過頭看著我，「妳忽然就與我疏遠，無論我怎麼問，妳都不說，什麼理由也不給我，然後就……我得知……天知道我……！」他一手覆蓋在自己的額頭，僅咬下唇，強忍著不說出後續的話。

「……我的手機裡面所有訊息都被刪掉了，連社群軟體也全部關閉或注銷，只剩下照片。」

他一愣，放下手看著我。

「所以我又開了一個新的了。」我拿出手機，點開好友畫面，「你就當我第一個聯絡人吧。」

「……照片是些什麼？」他看著我的螢幕良久，卻沒有接過。

「就是我和你們的合照，全班都有，但是大多是許晏寧和你。」我滑開了照片，之前的我還為我們兩個開了相簿，許多張都是我們依偎在一起的模樣，甚至是出遊、開心笑鬧著的模樣。

他看著那些照片，彷彿眼眶都濕潤了起來，但他很快整理好情緒，然後拿出自己的手機，和我互加為好友。

他的大頭貼，還是與我的合照。

「這下子我們又是朋友了。」

「我們真的要退回朋友關係？這真的是你想要的？」

「我當然不想，可是我能怎麼辦？」徐允澤氣惱地說。

「那就不要啊！」我抓緊他的手腕，「我們就繼續交往不就好了？」

「但現在的妳喜歡我嗎？過去的妳又把我放得多重要？」

「這是什麼意思？」

「雖然大家都希望妳別想起來，但是快想起來吧。」他反抓我的手腕，那炙熱的溫度使得我些些一愣，我對這樣的碰觸、這樣的力度，一點也不陌生。

「你是說……」

「我希望妳想起來。」他幾乎是用氣音這麼說，「在妳想起來以前，我會和妳保持名義上的男女朋友，直到妳想起了全部，直到妳確定好了以後，我們再看要怎麼樣。」

「怎麼聽起來選擇權在我手上……」

「選擇權本來就在妳手上。」徐允澤輕輕一笑，往後一退，「多和別人聊聊，但是不要讓許晏寧知道。」

「為什麼？她是在幫我別讓大家發現我失去記憶了。」

「具體來說，被同學知道妳失去記憶會怎麼樣嗎？」徐允澤問。

「呃……其實我也不知道，但是媽媽都說別讓大家知道了，況且我也不想得來不必要的關注……」

「那妳自己呢？是希望想起來，還是不要想起來？」徐允澤沒等我回答，又繼續說，「要是妳希望能夠想起來，那和同學們說，他們不是可以告訴妳更多事情嗎？」

「如果大家都知道我失去記憶的話，那他們講出的話是真是假，我不就沒辦法知道了嗎？」

徐允澤一愣，「我倒是沒想到這一點。」

在同學們不知道我失去記憶的前提下，他們講出的話才會是真的，就如同蘇小乖剛才那樣子，說出了我在暑假前就和徐允澤處得不好，甚至還說了要做什麼大事……要是她知道我失去記憶，還會把這一段告訴我嗎？或是說，會不會加油添醋？

「所以我覺得繼續這樣下去，至於記憶……我想隨緣，不想逼自己一定要想起來，不過我會盡量朝想起來的目的前進。」

徐允澤似乎接受了我這樣的說法，他並肩與我前進，「我會幫助妳的。」

「謝謝。」

「我要先跟妳說，別相信許晏寧。」

「為什麼？你怎麼會這樣講？她是我最好的朋友耶。」我抓住他的手腕，無法理解他的話語。

「因為她屬於不希望妳想起來的那一派。」徐允澤淡淡地說，輕輕地掙脫我的手，往教室的方向走去。

許晏寧不希望我想起來？

為什麼？

我和她過去發生過什麼事情？

「那一派」？表示還有其他人不希望我想起來嗎？是誰？還有誰會不希望我想起來，還有誰知道我失去記憶？

驀然間，我停止了動作，渾身冒起冷汗，想起了那通電話，想起了最初的人——我的媽媽。

我立刻跟著衝到教室，看著徐允澤把筆記本放在我的桌上，正準備回他自己位置。

「柚子，妳回來啦？老師跟妳說……」

我掠過了朝我走來的許晏寧，直直走向徐允澤，拉住他的手腕說：

「跟我來一下。」

他並沒有多訝異一樣，任我拉著走出教室。

「柚子，怎麼了？」許晏寧有些慌亂地跟著走來。

「沒什麼，我和他有點話要說。」

「那我也一起去？」

「不用，我和他就好。」我嚴正地拒絕她，這讓許晏寧有些意外，她支支吾吾地不知道該說什麼的時候，我已經拉著徐允澤離開教室。

我一路走往專科教室的方向，心想著那裡人最少，離我們教室也遠，比較好說話。

途中還轉彎去了樓梯邊間的販賣機投了兩杯飲料，並且將蔬菜汁交給徐允澤，自己則點了可樂。

到達定位，我扭開瓶蓋，咕嚕咕嚕地喝了一大口可樂，哈了一聲後看著有些驚訝的徐允澤。

「好，這邊總算沒人了，你跟我說清楚！」

「妳怎麼會知道這裡？」

他第一句話就讓我摸不著頭緒。

「還有，怎麼會知道邊間有販賣機？那是死角，看不見的。」接著，他看著自己手中尚未開封的蔬菜汁，「還有這個。」然後又比了我手上的可樂，「跟那個！」

「你到底在講什麼？」真是有聽沒有懂。

「你怎麼會記得學校這邊人最少？怎麼會記得該怎麼走？怎麼會記得那邊有販賣機？又怎麼會幫我點蔬菜汁，然後妳自己喝可樂呢？」徐允澤看起來眼神熠熠有光。

我終於聽明白了他的驚訝，「我似乎只是忘記了過去一年內的生活，其他的事情都還記得，包含上課進度，還有學校建築物的位置。應該說，只忘記了『人與人』之間的事情，其他的生活基本技能和概念等，我都沒有忘記。」

「能這樣選擇性的失憶好像也很不錯呢。」聽不出徐允澤這句話是在酸還是怎樣。

「我也覺得很不可思議。」我又喝了口可樂，然後忽然意識到，「你說的飲料的意思是……」

「嗯，妳不是才說妳喜歡雪碧嗎？卻下意識選了可樂。至於我手上的蔬菜汁……在和妳交往之前，我都是喝這個。」徐允澤看著蔬菜汁笑了，「所以說，妳並不是真的忘記了『人與人』之間的事情。」

他對上我的眼睛，柔情似水，「妳還是那個妳。」

「我一直都是同一個我啊……」被他這樣看著讓我都有些害羞了，所以我低下頭小聲回應。

「哈哈。」他感覺很開心，用吸管戳破了那薄薄的鋁箔片，大口喝了起來。

「嗯……」雖然有點不好意思打破現在這份難得美好的氣氛，但我還是必須問出自己的疑慮，「是不是我媽和許晏寧不希望我想起過去？」
「……」
他的沉默證實了我的推論。
「為什麼？發生過什麼事情，她們不想讓我想起來？」
「我什麼都不會說的，如果不是妳自己主動想起來，那別人說什麼都沒有意義。」徐允澤看著我手中的可樂，露出了欣慰的微笑，「妳不會知道，這對我來說有多安慰。」
安慰？我喝可樂所以你感到安慰？
「這件事情就到這，妳不要去追問許晏寧，也不要去問妳媽，也不要……不要找我討論過去的事情，直到妳想起來前……這大概是我能為妳做的最大寬容。」
寬容？怎麼會用寬容這兩個字？
「你直接告訴我全部不是更好嗎？」我不懂為何要這樣繞圈圈。

「因為妳以前也沒告訴我全部的事情！」徐允澤捏扁了喝完的蔬菜汁，「我不知道貿然告訴妳，妳又會有什麼我無法掌握的反應。不都說不能強硬叫醒夢遊的人嗎？她會因為驚嚇而受傷。」

「你的意思是，我現在是夢遊的人？」

「對，妳醒著，但腦子卻還在睡。」徐允澤說這句話時還冷笑了一聲，「我不能強硬叫醒妳，必須靠妳自己慢慢醒來，在妳完全想起來以前，我還是會在妳身邊。」

「那這樣我該找誰討論？我怎麼知道誰的話是真的、誰的話是假的？」

「要靠妳的智慧了。」徐允澤接過我手上的可樂，「真話中隱含著假話，假話中也包含著真話，真假交融之下，會出現妳自己的真實答案。」

「你講話本來就這麼禪意嗎？」

他聳肩，扭開了瓶蓋，口對口地喝起我的可樂。

動作如此之自然。

「好，不能找你討論的話，你只要回答我一個問題就好。」我認真看著他，他沒有反應，看起來是同意了，「我們是誰先追誰？」

他睜大眼睛，很訝異我會問這個問題。

「妳追我的。」

「真假，我不相信！」我雙手貼在臉頰邊大叫，我眼光這麼差!?

不、他的外型是很讚的沒錯，但是他的個性有點討厭啊！

「呵。」他見到我這反應，忍不住一笑。

那個笑容和先前幾次的笑容都不一樣，這一次很輕柔、很真誠，連眼尾都笑彎了的那種真。

好吧，如果是為了這個笑容，我可能真的會主動吧。

於是，我和徐允澤回到了教室，我們說好了對外還是保持著男女朋友的關係。只是剛才我又忘記問他，我們交往的那一年內進展到哪了。

是會在同學面前牽手的關係嗎？是會下課黏在一起的類型嗎？

我們……有接吻過嗎？

想起他喝我的可樂那自然的模樣，八九不離十我們應該是親吻過了……吧。

他的臉曾經靠近過我，與我相貼嗎？他身上的重量、氣味、體溫，又是怎麼樣的？

我的身體會有記憶嗎？

一想到這，我不免紅起臉來。

「柚子，妳還好嗎？」許晏寧一臉擔心，不知何時出現在我的面前。

「喔，沒事。」我乾笑著，趕緊喝了口自己放在桌面上的水。

「妳和徐允澤聊了什麼？聊好久喔。」許晏寧有些不安地打聽著，

「他……有說些什麼嗎？」

「妳覺得他會說什麼？」我反問。
「就是不知道我才問妳呀。」她撒嬌著。

不要相信許晏寧。

我想起了徐允澤的話，咳了一聲，眼前這麼真誠的女孩，難道真的有什麼事情不想讓我發現嗎？
「沒什麼，就是我們決定還是保持男女朋友關係，但是他會慢慢等我這樣。」於是，我使用了說話的技術，嚴格來說不算說謊，但也不是全部真實。
「徐允澤喔……他是真的很喜歡妳，這全班都知道，不過有時候真的也搞不清楚他在想什麼，即便是我和妳這麼好，我也和妳男朋友不是很熟。」許晏寧聳肩，這個話題終於安全下莊。

下午來到體育課，體育股長是一直很喜歡我的劉佑睿，一整天下來他幾乎沒來和我說話，偶而還是會發現他在偷瞄我。

今天是練習打排球，我和許晏寧一組來回拍打著排球，練習得差不多的時候，我們兩個便站在一旁聊天。

「妳看，徐允澤和劉佑睿在打球耶。」

我順著方向看去，見籃球場上他們兩個分在不同隊，似乎都是隊上的王牌。

「不是應該打排球嗎？」

「他們大概練習完了吧，反正他們體育成績很好，一年級的時候還代表我們班級在運動會上比賽，拿下冠軍呢，他們打球的默契非常好，不過因為兩個都喜歡妳，所以私下感情沒有太好。」說到這裡許晏寧還偷笑了一下，「不過劉佑睿都很君子，也沒做過什麼讓妳困擾的事情。」

我想起蘇小乖說過的話，不禁問道：「劉佑睿喜歡我是全班都知道的事情嗎？」

「對呀，畢竟他曾經公開告白過，而且是在妳和徐允澤交往之前的事情。」許晏寧歪頭想了想，「那大概是高一上學期考完期中以後的事情，他忽然就在班上跟妳告白，當時妳正熱切地追求著徐允澤，所以妳也當面拒絕他，還順便跟徐允澤告白，那個修羅場真的超刺激的。」

「還真的是我先追徐允澤啊……」

「妳已經聽說了？」

「嗯，徐允澤說是我先追他，我還不相信耶。」我嘟嘴，不懂自己的眼光。

「哈哈哈，那時候真的很快樂，我們做過許多很有趣的事情。」

「還有什麼？再多告訴我一些。」

「嗯，也沒什麼特別的啦，反正就是校園生活每天都很開心。」許晏寧轉移話題地拍了幾下排球，「要不要再去打？」

「不了，我想休息一下。」
「那好吧，我再去練習一下。」說完後，許晏寧就往前方排球場去了。
我背靠著牆壁，靜靜地看著眼前同學們奔跑、跳躍的青春模樣，深吸了一口氣，覺得這份平靜的感覺真好。
雖然還有很多不解的地方，但我會慢慢地挖掘的……或許之後，不會再有這樣的平靜。
「妳還好嗎？」一個聲音忽然出現，我睜開眼睛，劉佑睿坐在我旁邊的樓梯上，正喝著水。
「啊……還好。」左右都沒人，許晏寧正和其他人打球，而徐允澤也在跟馮品正說話。
「妳是去遊學？」
「嗯。」
「法國好玩嗎？」

「喔，還可以。」

他停頓了一下，又喝了一口水，然後站起來看著我：「我以為妳是去英國。」

我一愣，隨即發現自己被套話，「那你為什麼要故意說法國？」

「因為我覺得妳怪怪的。」他皺起眉頭，甚至上下打量我。「好像不太一樣。」

「哪、哪裡不一樣？」我沒想到劉佑睿會發現這一點，頓時不知道該怎麼反應。

「說不上來，就好像跟大家有點陌生一樣。」

「大概是剛回國，太久沒見到大家，所以才會這樣吧。」

「是喔？」劉佑睿聳肩，「那妳和許晏寧也沒事了？」

這句話讓我一頓，「我和她有什麼事情？」

「妳忘了？我還以為那是很嚴重的事情。」他皺眉。

「喔，我只是不確定你在說哪件事情。」我將頭髮捋至耳後，盡量顯得自然。「是暑假前嗎？」

他似乎有些狐疑，但還是說：「暑假的時候，我在路上遇到妳。」

說到這他就停下了，似乎以為這樣我就知道，為什麼他會這麼小心翼翼？

「喔。」我決定反其道而行，畢竟一直追問的話，反而顯得很奇怪，所以我先停止話題，表現得不想聊的模樣，他就會自動說了吧。

我是這麼想的。

「嗯。」劉佑睿就這樣一語不發地坐在我身邊慢慢喝水，居然也就不接續話題了。

我覺得沒趣，便起身準備離開。

「程柚詩。」他叫住我，高大的身形，有些黝黑的皮膚，緊皺著的眉頭不知道是因為太陽，還是其他因素。

「怎麼了？」

「妳真的有點奇怪。」

「謝了。」我說完後就轉身往排球場的方向去。

劉佑睿，真是個講話愛講一半，又疑心病重的人。

一天終於過完，放學的時候，許晏寧因為要補習所以不能陪我一起走，而我千交代、萬交代媽媽不要來接我下課，這樣我就能享受一個人的時光。

「走吧。」沒想到徐允澤居然走了過來，我們是會一起回家的關係嗎？

「喔。」班上很多雙眼睛在看，我也只能點頭。

「欸欸，一起走不介意吧。」沒想到馮品正卻跑了過來要一起回家，雖然一整天下來和他說過的話不少，卻都是打打場面的嘴砲話，我也不太知道自己跟他究竟算不算熟。

不過可以知道他大概就是毫無心機，想到什麼就說什麼的類型。

「這麼難得要一起放學？」徐允澤問。
「我之前不是說過嗎？有個學妹是我的跟蹤狂，我一個人走太可怕了，所以陪我一起吧。」他這麼大個子怕一個女生，讓我不禁笑了出來。
「欸，柚子，妳別笑，不論男女遇到跟蹤狂都是很可怕的好嗎。」馮品正瞇眼，不滿意我的反應。
「你說的對，是我的錯。」我雙手舉起，「不過你怎麼不好好和她說清楚？」
「我說過了啊！講到嘴巴都爛掉了，我一直跟她說我不喜歡她，要她別再這樣黏著我，我甚至連『妳很恐怖』這樣的話都講出來了耶！」
「你可真直接。」徐允澤挑起一邊眉毛。
「是不是！我都講成這樣了，她還說『是你還沒釐清好自己的感覺，沒關係，我會等你的』我真的想要去報警了……如果她忽然對我怎樣，我可以打她嗎？」

「哈哈哈，你打她，就換你被警察抓了。」徐允澤大笑。

「那我真的不知道該怎麼辦，總之我們快走吧。」

我們三個人就這樣一起放學，還真的在校門口遇到一個女生，她一看見馮品正先是綻開笑容，想靠過來打招呼。但是馮品正掠過她，直接往前方頭也不回地走。

我看那女生低下頭沮喪的模樣好像有點可憐，不過徐允澤倒是不在意，直接推了我的肩膀一下，催促我往前。

於是我們跟上馮品正，想著都這麼明顯無視了，她應該也就不會跟上來了吧。

沿路下坡我們特意不搭公車，慢慢地走著，期間我偷偷回頭幾次，那個女生一直跟在後面。

「瞧！我就說她很恐怖吧！還跟著我耶！」

「你別這麼說，下山的路也只有這一條，她說不定也是要去山腳下搭公車啊。」

「柚子，妳太天真了，那女的就是一個恐怖的人！」馮品正完全不壓低聲音，我覺得那學妹根本也聽得到。

「我要去便利商店一下，你們呢？」徐允澤岔開話題。

「我就不要了，柚子妳陪我在外面。」

「為什麼？進去不就好了？」

「我之前躲過便利商店，那女的會直接進來說巧遇，然後看我買什麼跟著買一樣的，還搶著結帳！」馮品正一臉害怕，搓著自己的手臂。「如果我一個人在這，那她一定會靠過來，所以柚子，妳一定要在這陪我。」

「好吧，你們兩個在這等。」徐允澤偷偷翻了白眼，便自己進入便利商店。

我和馮品正在門口，便多問了學妹的事情，原來是馮品正之前看見學妹被校外生找麻煩，所以出手幫助，沒想到學妹就這樣對他傾心。

拒絕多次，學妹依然故我，他曾經半夜起來聽到窗外有人在喊他的名字，看了一眼發現學妹居然在那。

「我的天，這好可怕！但是這種事情法律也沒辦法管吧？」

「不，去年年底通過跟騷法，其實可以報警。但一方面覺得男生被跟蹤好像很可笑，一方面又覺得要讓她這樣留下案底嗎？」

「你想太多了啦，你感到困擾是事實，況且你又不能動手，所以只能這麼做，還是要先蒐集一下證據。」我說著。

「也是，那時候大家一起討論跟騷法的時候，我還沒想到有一天自己會用上。」馮品正大大嘆口氣，而我卻忽然意識到，自己居然明確地知道「跟騷法案」已經通過，誠如馮品正所說，是去年年底的事情。

再次證明，真的除了忘記與每個人的關係、回憶以外，其他所有社會事件、生活常識等，我一概都沒忘。

還有這種選擇性失憶嗎？這真的有點奇怪。

「不過話說回來，柚子，妳去年這段時間也是消失很久，今年又消失，妳是什麼仙女，每年同個時候就會回天上修行是嗎？」馮品正說完還大笑。

「去年，我不是就受傷嗎？」

「受傷？有嗎？哪裡受傷？」馮品正的反應很大，而我則覺得弔詭。被公車撞到這種事情應該是很大條的啊，同學怎麼可能不知道。

「不然你以為我去年是去哪？」

「不就妳們家有事情啊，妳也是消失了快一個月左右耶。」馮品正皺眉，「而且妳回來後活蹦亂跳的，根本看不出來有受傷，妳是哪裡怎麼了嗎？」

「我以為我被車撞到了。」我半開玩笑地說著，馮品正卻大笑。

「哪有可能啦！我們根本沒有聽說過！」

我頓時覺得五雷轟頂，明明我去年被公車撞到才休息了很久，今年經過一樣的地方才忽然暈倒，我有這樣的記憶，大家也都這樣告訴我，而現在馮品正卻都不知道這些事情？

「那、那今年，你們有看見我來學校嗎？我的意思是說，是不是我在來學校的途中暈倒，或是怎麼樣的……」

「柚子，妳今天真怪，發燒嗎？」他的手抵在我的額頭上，「妳今年不是暑假就出國了嗎？到今天才來上課耶，整個暑假我們要找妳出去玩，妳也都不讀不回的。」

我握緊拳頭，感受到全身顫抖。

我的身邊，到底誰說的是真話？誰說的是假話？

我能夠，相信誰？

03

我決定直接蒐集其他同學的證詞，所以回家吃完飯後，我隨口說了要快點寫作業的理由敷衍媽媽，趕緊躲進房間。

我從馮品正那得到了全班的社群帳號，接著一邊加入，一邊想著該怎麼問才不會奇怪，還要找個藉口向大家解釋，為什麼我的社群和LINE都換新的帳號。

最後，每個人都不知道我去年出過嚴重車禍，我甚至找了學校附近去年發生過的公車車禍，也沒有看見任何關於我的新聞。

所以這可以證實一件事情，車禍並不存在。

而如果車禍不存在的話，那我的記憶是從哪來的？
媽媽又為什麼會那樣說？
「不過今天看到妳的樣子我放心多了，前陣子暑假的時候妳簡直慘透了。」
回我訊息的是班長宋薇婷，我睜亮眼睛，暑假的時候我也有遇見她？
我立刻快速回覆：「那時候的確不太好，妳能告訴我看起來有多糟糕嗎？」
「就是下大雨的時候，妳一個人孤孤單單地坐在公園的鞦韆那，這還不夠慘嗎？」
「然後……我這樣問妳不要覺得怎樣，那時我的確就是看到了，可是我沒有告訴任何人，我發誓。」
我疑惑，她看到了什麼？

「妳和劉佑睿兩個人單獨在公園，不知道你們在聊什麼，最後劉佑睿還拉了妳一下，妳推開他，反正你們很像在吵架，之後劉佑睿就走了，然後下起大雨，妳也不去躲雨地就坐在鞦韆上面……因為妳看起來很糟，加上才目擊那種場面，我也不敢過去跟妳搭話……」

這就是劉佑睿在體育課跟我說過的話嗎？

我們在暑假的時候到底聊過什麼？為什麼聽起來好像很糟糕，為什麼他欲言又止？為什麼他小心翼翼？

「謝謝妳告訴我這些，我和劉佑睿那時候的確發生爭執，不過已經都處理好了。」

我這麼回應後，想了一下又補充。

「我和徐允澤之間也沒事，不是什麼三角關係哈哈哈。」

「這樣就好，我還以為自己目睹什麼不得了的場面，一直很不安。加上開學後妳又都沒來……，不過誤會解開就好！沒事沒事！」

「那最後再問妳，妳知道為什麼去年我在差不多的時間也缺席將近一個月嗎？」

「妳不是家裡有事情嗎？」

問完了一輪，除了徐允澤、劉佑睿和許晏寧我沒有問以外，其他所有人的答案都跟馮品正一樣，去年的我並不是車禍，而是家裡有事情。

我不可能發生車禍還能隱瞞得了全班，忽然我想到，那顏老師呢？

我點開了顏秋惠老師的訊息框，想了一下後傳了訊息過去。

「顏老師，不好意思這麼晚還打擾妳。只是我想請問老師知道我去年差不多時間發生的車禍意外嗎？我想要問老師記不記得確切是在哪一條路上呢？」

打完後我咬著手指，等待許久老師都沒有已讀，為了舒緩緊張了一整晚的心情，我決定到廚房倒一杯水。

走出房間的時候，發現客廳已經關燈，繼父和媽媽都在房間內嗎？

我一邊在漆黑的廚房喝水，一邊思考著這一切。

仔細想想，除了失去的那一年外，過去的記憶很多都蠻模糊的，但這應該也是很正常，畢竟誰會真的完全記得自己小時候的事情？

可是，我也才十七歲，照理來講應該不會忘記這麼多才是。

還是我去問問看繼父？或許繼父會願意告訴我。

還是繼父也是屬於不希望我想起來的那一派？

「千萬不要……」

忽然媽媽的說話聲音打斷我的思緒，我下意識地立刻蹲下來躲在冰箱後面。

媽媽從房間走出來，竊竊私語著，「就依照我們說的那樣子，老師，這是為了她好，我們總是要為了孩子著想啊。」

我心一驚，難道連顏老師也和媽媽串通好了嗎？

「真的很感謝老師的幫忙，抱歉這麼為難您……」媽媽掛掉電話後，一個人站在漆黑客廳的窗戶前，嘆了一口很長的氣。

「我做的一切都是為了妳好……我的孩子啊……」媽媽的肩膀顫抖著，似乎在哭。

我不太明白媽媽的舉動，要是為了我好，為什麼極力隱瞞不讓我想起呢？為什麼要串通朋友和老師說謊騙我呢？

好不容易等媽媽回到房間，我才小心翼翼地也跟著走回房內，然後拿起手機，果然顏老師回覆的訊息就在螢幕上。

「柚詩，去年發生的車禍真的很可怕，所幸妳平安無事，地點就在山腳下的公車站那邊，那時候因為時間太早了，所以沒什麼學生，以至於妳車禍的事情沒多少同學知道，我想這樣對妳也比較好。」

要是我沒有聽見剛才那通電話，或許會相信老師所說的，但現在，我真的不知道還能相信什麼。

我傳了訊息給徐允澤，不知道為什麼，覺得最能相信的人是他。

「我去年沒有發生車禍，對吧？」
他很快地已讀，而他的回應也在我預料之內。
「妳覺得呢？」
「我還能相信誰？」
「相信妳自己吧。」
「你的意思是連你都不能信嗎？」
「不是，當初妳也不信任我。」
「我們到底發生過什麼事情？」
「等妳想起來了以後，我們再來談。」
徐允澤還是老樣子，堅持要我想起一切才願意和我討論。
時間晚了，我決定今天先到這，剩下的交給明天的我。
——

隔天，媽媽又堅持要送我去學校，完全拗不過她，只好讓她送我到便利商店。經過顏老師告訴我的車禍地點時，我仔細看了一下時間，現在也不過七點整，已經夠早了，但這條路除了公車繁多外，也有許多汽機車往來，更別說看見的學生不少了。

有些同學也是給家長接送，有些是自己搭公車走路。

根據我的習慣，不會過早到學校才是，所以不可能像顏老師所說的，因為太早來學校所以目擊的同學不多這一回事了。

「媽，送我到那裡就好。」我比了前方的便利商店，準備背起書包就要下車，忽然看見便利商店前站著一個熟悉的身影。

「許晏寧？」我發怔地喊，她正東張西望，明顯就是在等人的樣子。

媽媽將車子停在她面前，許晏寧彎腰從車窗外看著我，對我用力揮手微笑：「嗨，柚子，好巧啊！」

「晏寧，早安啊。」媽媽搖下車窗，對著她打招呼。

我瞬間全身雞皮疙瘩起來，這非常明顯就是媽媽提早通知許晏寧在這等我。

我壓抑住怒氣，下了車以後和媽媽說再見。

「晏寧呀，柚子就麻煩妳囉。」

「沒問題的，阿姨。」許晏寧對媽媽揮手，然後勾起我的手，目送媽媽回轉離去後，她轉而對我笑，「走吧，我們去學校吧。」

我立刻甩開她的手，這舉動讓許晏寧一愣，「柚子，妳怎麼了？」

「我問妳，我去年發生過車禍嗎？」

「是啊，柚子，妳不記得了嗎？」

「是在哪一條路？」

「就是下面那一條呀，公車經過的地方。」

「那是幾點呢？」

「很早，快七點吧，沒什麼學生經過的時候，所以沒人看到。」

我忍不住哈的一聲，跟顏老師說的還真是像。
「妳和我媽串通好的嗎？」
「什、什麼串通？」她的臉色瞬間發白。
「騙我去年發生車禍，又故意在這邊等我要監視我，還不讓我跟其他同學討論事情，這不就證明妳和我媽都不想讓我想起以前的事情嗎？」
「我、我沒有……我只是……」
「只是怎樣？」
「我只是為妳好，柚子！」許晏寧的眼眶含淚，「我的確不想讓妳想起過去的事情，妳看妳現在也過得很好不是嗎？」
「這樣是為我好嗎？妳聽聽妳自己說的話！」我覺得委屈極了，「妳懂失去記憶的不安嗎？妳懂大家都在講些我根本不記得的事情嗎？我忍耐著是因為我認為自己有一天會想起來，但沒想到身邊的人都希望我別想起來，串通一切騙我再說為我好！只有徐允澤站在我這！」

許晏寧的臉忽然沉下來，「不要相信徐允澤，我是為了妳好。」

「不要再說是為我好了。」我用力搖頭，「我們各自進去學校吧。」

「不要和我吵架。」許晏寧立刻上前拉住我，「之前妳保有記憶也和我吵，現在也和我吵，無論什麼時候，我的出發點都是為了妳，但妳卻……」

「卻怎樣？」

這一次眼淚從她的眼眶掉了出來，「柚子，妳很自私啊！妳怎麼就不想想我的心情？」

說完她轉身就往山下跑，留下手足無措的我。

我以為她會再來學校，沒想到許晏寧就這樣請假了。

她的眼淚讓我有一點罪惡感，難道我真的搞錯了？

可是我搖頭，是她的錯，她和媽媽串通起來欺騙我。

「馮品正，你哪來的珍珠奶茶？你叫外送？」

「外送這麼貴，我才不會叫呢。」馮品正手裡拿著一杯珍奶手搖飲，哪裡來的我也很好奇。

「下次也買一杯給我吧。」劉佑睿笑著說，而我看著他的背影，然後傳了訊息給他，正在聊天的他從口袋拿出來，看了螢幕後愣了一下，轉過頭來看我。

而我與他頷首示意，起身走出教室。

我來到後庭院等待著，過一會兒劉佑睿來了，他搖晃著手機，帶著說不上是怎麼樣的微笑，「妳找我過來？」

「對，我想要問你暑假那天的事情。」

「有什麼好問的呢。」他聳肩。

「你說覺得我怪怪的，為什麼？」

「妳暑假的時候看起來很慘，好像要丟下一切逃走一樣，結果開學後又恢復成高一上學期的模樣，所以我才說怪怪的。」

「高一上學期的模樣是怎樣？」

「就是情緒都很高昂，每天都很開心。」劉佑睿歪頭，「現在就有點像那樣，但又說不上來，總之和之前不太一樣，也和高一剛開學不一樣。」

「因為我失去記憶了。」

「失去什麼？」劉佑睿皺眉，以為他自己聽錯。

像他這樣的人，要套話是不可能的，所以我決定直接告訴他實話。

「我說，我失去記憶了。我沒有過去一年的記憶，什麼事情都不記得了。」

他似乎在思考，但很快地便接受。

「這樣就合理多了。那，有誰知道這件事情？」

「徐允澤和許晏寧，還有顏老師。」

「那他們都沒告訴妳過去一年的事情嗎？」

「徐允澤要我自己想起來……許晏寧則是不希望我想起來……這很複雜。」我嘆口氣，「我不會再說更多了，我只要你告訴我，暑假的公園裡，我們聊了什麼？」

「妳知道我一直喜歡妳吧？」他忽然告白，讓我一愣。

「現在是告白的時候嗎？」

「不是，我那時候就是這樣跟妳說的。」劉佑睿聳肩，「在開學的時候，我對妳一見鍾情，後來妳消失了快一個月，一回到學校便瘋狂追求徐允澤，那是我第一次覺得妳很奇怪。後來大家都相處得很好，直到下學期快放假前，妳又忽然變得很奇怪，莫名低潮、憤怒，和徐允澤跟許晏寧相處得都很不好。」

這一些我都略有耳聞，可以斷定劉佑睿所言不假。

「暑假我和妳巧遇，妳那一天狀況很糟，糟到我覺得……妳好像要做不好的事情。」

「不好的事情？」

他對上我的眼睛，證實了我內心的猜想。

自殺。

「我和妳告白，希望妳能因此明白有人喜歡妳，至少讓妳能夠也喜歡自己一些。妳問我什麼時候喜歡上妳？為什麼喜歡妳？我告訴妳了，但妳那時候說了一句很怪的話。」

我看著他，覺得牙齒在打顫。

「妳說，我喜歡上的不是妳，是程柚詩。我說妳不就程柚詩嗎？但妳說妳叫程沐詞，還告訴我是三點水的沐，詩詞的詞。」

這句話讓我眼前一片黑暗，彷彿黑幕垂簾一般，遮去了我的視線。

我頓時站不穩，差點就要跌倒，劉佑睿立刻過來扶住我，「妳還好嗎？」

「你、你有告訴別人嗎？」

「沒有，我甚至覺得妳只是在亂說話，在拒絕我而已。」他眉頭深鎖，「看妳的反應，難道是真的？」

「我不知道，我說了我失去記憶。」我渾身發抖，而他抓緊我的手。

「不要告訴任何人。」

「我不會說的，如果是這樣的話，我要和妳一起調查。」

「不行。」我立刻拒絕，「雖然我現在失去記憶，但名義上徐允澤還是我的男朋友，我不能瞞著他卻和你私下調查。」

「我和妳是朋友耶。」

「你喜歡我！」我大聲反駁，這讓劉佑睿聳肩一笑。

「看樣子不論是你失去記憶前，還是失去記憶後，妳都不給我任何機會呀。」劉佑睿像是自嘲，卻還是紳士地放開了我的手。

「如果需要任何幫助，隨時告訴我。」

「謝謝你。」我朝他答謝。

就這樣，我們一前一後地離開了後庭院，但卻忘記學校這個地方就是小型社會，無論做什麼事情都會被人看見，備受矚目。

所以我和劉佑睿在後庭院「幽會」的事情，就這樣被傳了出去。

這讓班上的同學都有些看戲心態，畢竟劉佑睿喜歡我這件事情是眾所皆知，而我和徐允澤在暑假前的不合也是有目共睹，這就讓大家自動聯想出了一個前因後果，也就是我和徐允澤之間的衝突，劉佑睿也有參與，只是不知道是劉佑睿先存在我們之間，還是與徐允澤的衝突在先。

不過，這些八卦並不會影響到我，畢竟我失去了記憶，對誰都沒有任何感情。

一整天徐允澤對傳聞都沒有過多的反應，也沒有找我興師問罪，就連劉佑睿也表現得很平常，因為我們三個主角都過於淡定，以致這條流言並沒有太過發酵。

只是說，對徐允澤很不好意思，我覺得有義務要和他說清楚，於是便約了徐允澤放學後陪我到圖書館。

雖說是到圖書館，事實上是圖書館後頭的座位區，他喝著販賣機買的可樂，也投了一罐可樂給我。

「今天聽說許晏寧跟妳吵架了？」沒想到他第一句話居然是這個問題。

「謠言傳得還真快，我和劉佑睿在學校說話被看到就算了，和許晏寧是在校外的便利商店也能傳到你耳裡？」我失笑。

「不是，是許晏寧自己跟我說的。」他也笑出聲音，「她怪我為什麼希望妳想起過去的事情，說我不夠為妳著想。」

「是這樣嗎？」我反問他，「你真的不為我著想嗎？」

「是不是這樣，要等妳真的想起來了，妳才有辦法分辨吧。」

「那如果我想起來了以後，真的寧願別想起來好呢？」

「那妳就再失去一次記憶不就好了，到時候，我就會跟著許晏寧一起隱瞞到底。」

「哈哈，哪有這麼容易就可以失去記憶。」我被他毫無建設性的話逗得哈哈大笑。

他又喝了口可樂，風吹拂過我們身邊，但我聽見的卻是可樂罐中氣泡不斷湧上的聲響，那聲音逐漸放大，像是就在我耳邊一樣，彷彿氣泡從肺部出來，噗嚕噗嚕地，因舞動的雙手而湧起更多氣泡，滑過我的耳邊，掙扎著想要衝出水面。

「妳怎麼了？」

「咦？什麼怎麼了？」

「妳看著可樂在發呆。」

「喔……我剛才恍神了一下。」我扯了嘴角，拿起可樂，將那些湧出的氣泡灌入肚中。

「所以呢，妳找我什麼事情？」

「你一直都這麼酷嗎？徐允澤？」我打趣看著他，「聽到女朋友和別的男生，甚至還是喜歡她的男生單獨相處，學校都傳得沸沸揚揚了，你卻毫無動靜，這樣是正常的嗎？」

「因為我相信妳。」

「相信我不會變心？」

「不是，我相信妳會做出最好的選擇，無論妳選擇了什麼，都一定有妳的理由。」徐允澤淡淡地看向我，「只是有時候，我需要聽妳的理由，就像現在妳這模樣一樣。」

「我現在？你是說我失去記憶嗎？難道是我自己選擇失去記憶嗎？」

「所以我說，等妳想起來，我們再討論。」

「你為什麼就不能直接告訴我呢？要我這樣等、這樣猜，我覺得很痛苦。」

「因為我說的話，是站在我的立場，我希望妳能想起一切後，用妳的立場告訴我。」徐允澤捏緊可樂罐，「我希望……妳能多相信我一點，無論怎麼樣，我都會站在妳這裡，妳能夠自己選擇，不要自己煩惱，也不要自己決定。」

這還是第一次，我發現徐允澤的聲音和表情都充滿哀傷與憂愁，他似乎被我傷得很深，若我只是單純的暈倒，他應該不可能會這樣吧。

綜合稍早和劉佑睿說的話，我決定賭這一把，「我是自殺嗎？」

這句話，讓徐允澤難得慌張地打翻了可樂，他並沒有彎腰撿拾，而是問：「妳不是想起來的，是推論的，為什麼會這樣推論？」

於是，我把和劉佑睿的對話都告訴他，但保留了程沐詞這個名字。

「……我不知道妳暑假見過劉佑睿，不過，沒想到妳會和劉佑睿說那些話。」

「他告訴我了一個名字，而我有一個想法。」我邊說邊打開手機，點開了搜尋網頁，徐允澤靠了過來，看著我輸入「車禍」、「公車」、「高中」、「二〇二一年」等關鍵字。

最後，我打上「程沐詞」。

從徐允澤倏然僵住的狀況看來，我猜對了。

不到一秒，便有眾多新聞出現。

青藍高中校門口發生酒駕追撞，一台高速行駛的外國進口車從對向車道衝破安全島，直接波及到對面行駛的公車，司機為了閃避卻意外撞上正在一旁走路的程姓女高中生，女學生當場重傷不治，到院前已無呼吸心跳。

經員警調查，進口轎車的車主為二十三歲的葉姓富少，他與朋友從凌晨狂歡至天亮，酒測值高達二點一毫克，他聲稱是閃避路上衝出的野貓，才會越過安全島。但到了警局卻呼呼大睡。

公車左前輪處被撞凹大洞，車上的乘客均受到輕中傷，這起意外唯獨即將進校門的程姓女高中生無辜受害，令人不勝唏噓。

我看著這則新聞，咬著下唇久久不能平復。

程姓女高中生，這絕對不是巧合。

而從其他的新聞或是網頁，可以找到程姓女高中生的本名就是程沐詞，且在學生網站上面，有人也貼出了程沐詞的校園合照。

「她是我的姊姊還是妹妹呢？」我忽地掉下眼淚，問著一旁的徐允澤。

「……」他沒有多說些什麼安慰我的話，而是直接伸手環抱住我。

我在他懷中哭了起來，久久不能自己。

我得到了答案，程沐詞是我的雙胞胎姊妹。

在我夢見過爸爸的夢境之中，他喊著寶貝，不只喊我，也朝另一邊喊去，那大概就是程沐詞了。

爸媽離婚後，程沐詞跟著爸爸，我跟著媽媽，我不知道他們夫妻間是有什麼問題，搞得老死不相往來，甚至讓我們這對雙胞胎姊妹分隔兩地，永遠不知道世界上有另一個自己。

或許是雙胞胎心有靈犀，我居然會把程沐詞發生的意外當成是自己的，這也難怪繼父和媽媽會覺得驚訝。

我大概也是去年才知道自己有個雙胞胎姊妹吧，可能去年在家的一個月，就是在悼念來不及相認的手足。

那我見到爸爸了嗎？

一定有見到吧？

可是我連這件事情都忘了嗎？

雖然得到了答案，但我還是沒想起過去一年的事情，甚至不知道自己為什麼自殺。

難道是太想念程沐詞？

畢竟網路上總是把雙胞胎講得很離奇，像是一個消失了，另一個也活不久之類的。

「這件事情我要跟媽媽討論嗎？」
在徐允澤送我回家的路上，我這麼詢問他。
「看妳吧，妳自己決定。」他看起來似乎有話沒說完，不過今天我得到的資訊已經太多，決定暫時不想追問。
「所以你也知道程沐詞的事情嗎？」
「知道。」
「你什麼時候知道的？」
「……在妳自殺以後。」
「我以為在我們交往以後，我就會把這件事情告訴你。看來我並沒有跟你說，你是從我媽口中得知的嗎？」
「對。」
「我的自殺和程沐詞有關係？」我又問。
「我……不會再說得更多了，妳能夠推敲出程沐詞的事情，就已經很厲害了，其他的，妳要靠自己想起來。」他送我到家裡巷口，「妳知道程沐詞這件事，我認為最好先保密一陣子。」

「為什麼？你剛才不是才說隨便我嗎？」

「那就當我沒說吧，隨便妳。」

我一笑，主動拉起他的手，這讓他有些驚訝。

「徐允澤，雖然我沒想起你，現在也不能說是愛情方面的喜歡你，可是……我總覺得，我可以相信你，也只能相信你。」

聽到我這麼說，徐允澤那總是面無表情的臉總算融化了一些，他眉頭間變得柔和，對我露出那種與之前不同的笑容，更加放鬆、真心，且如釋重負。

「如果妳能早一點發現這一點就好。」他揉了揉我的頭，那瞬間，我感覺也曾經被他這樣摸過。

「我覺得我的身體好像記得你。」下意識我如此開口，徐允澤明顯一愣，手就這樣停在我的頭上。

「這是什麼意思？」他的臉居然紅了起來，我原先想出聲調侃，問他是想到什麼才會這樣臉紅。

但在出聲音前想到，他會臉紅，那表示我們的確做過什麼令人臉紅的事情嗎？為了自己著想，還是不要細問比較好？

「咳，就是字面上的意思。」我有些結巴地說著，「怎麼忽然覺得好熱，哈哈。」我用手搧著自己的臉，都沒有風是怎麼了。

「呵。」徐允澤笑出聲，伸手用手指碰觸我的臉頰，十分輕柔，甚至只觸碰一個瞬間，「那是因為妳臉紅了。」

我簡直心臟爆擊，立刻跳起來往後，「禁止、禁止碰我！」

「妳以前反應可沒這麼大。」他見到我反應之大，先是笑了出來，接著雙手環胸，打趣地說著。

「我現在失去記憶了啊！」

「喔？那妳這次怎麼不問問看，我們以前進展到哪？」他兩手一攤，看起來十足流氓樣。

「我、我不想知道！你也別告訴我！」我雙手覆蓋在自己的臉頰邊，對著他警告著。

「哈哈。」他又笑了起來。

啊，他笑起來真是好看。

我想我大概就是被他這樣的笑臉迷惑，才會追求他吧。

不過也真想問問以前的我，到底是什麼情況、是多喜歡他，才會主動去追求一個男生呢？

而且又怎麼會在跟這樣的男生交往了以後，又選擇自殺呢？

難道真的為了毫無感情的雙胞胎姊妹，就足以讓我陷入低潮嗎？

這好像有點誇張，不是嗎？

到底過去發生什麼事情，真是謎團重重呀～

回到家以後，我決定暫時不先把這件事情告訴媽媽，畢竟在沒有想起來的前提之下，就問媽媽關於程沐詞的事情，我覺得有些冒險。

而且潛意識地認為，媽媽不希望我想起過去一年的事情，很大的原因就在於程沐詞。

我希望即便還沒想起來，至少要調查到多一點的事情後，等手裡牌收集多一些，才能與大家攤牌。

首先，我必須先找出在我們家有關於程沐詞存在的證據。

就算爸媽離婚，程沐詞交由爸爸養，也是媽媽的女兒，至少會留下程沐詞的照片吧？

「柚子呀，我和妳爸要出門散步，妳要不要一起去呀？」

晚餐過後，機會就來了。

媽媽和繼父偶而會在晚上出門去散步，平均時間差不多都有半個小時，這時候就是我最好的探查時間。

「你們去就好了，我要寫今天的作業。」我又用一樣的理由，等他們外出了兩分鐘後，做事小心的我先是去把大門反鎖，這樣就算他們提早回來，我也不需要擔心。

我來到書房，先是在書櫃找尋小時候的相簿，翻閱了幾本後發現自己找錯地方，如果媽媽要隱瞞的話，就不可能放在這麼顯眼的地方。

說到這，我又忽然想到，繼父知道我是雙胞胎嗎？

身為媽媽的伴侶，他應該是知道的吧？繼父卻也從來沒有和我說過。不過也能理解，畢竟還是要尊重身為伴侶的媽媽的意見才行。

看來在這個家裡，我還是最孤單的那個人呀。

我轉而進到他們兩人的主臥房，基於尊重和禮貌，我從來沒有踏入他們的主臥房過，如果要藏，就一定會藏在這裡吧。

很快地，我在床板的抽屜找到了幾張照片，是媽媽抱著兩個嬰兒的模樣，照片的背後寫著我們的生日以及名字。

其他還有我們躺在床上哭的照片，以及對著鏡頭笑、走路等模樣，照片不多，但足以證明我們是雙胞胎。

接著，我看到了戶籍謄本，上面清楚寫著媽媽的名字，以及與爸爸結婚又離婚的日期，還有幾年幾月幾日生下了程沐詞與程柚詩。

這樣看起來，程沐詞是姊姊，而我是妹妹。

我的疑惑獲得了證實，在十七歲才發現自己是雙胞胎，這心情還真複雜，不對，是在十六歲就知道，且在得知自己是雙胞胎的當下，對方也已經離世了。

我一邊將這些東西原封不動地放回抽屜，一邊感到有些哀傷。

驀然我愣住了，戶籍謄本上面明文記載著程沐詞的身分，而在我成長的階段，也有幾次需要帶戶籍謄本到學校的經歷，怎麼可能我活著的這幾十年，從來沒有發現？

一種想法從我腦海中浮現，我摀住了嘴巴，倒抽一口氣。

假設，在程沐詞過世以前，我就已經知道她的存在，根據我的個性，一定會去找程沐詞相認，隱瞞著父母與她保持聯絡。

在這樣的前提下，得知程沐詞的死訊時，我早已和她建立起姊妹情誼的話，那我肯定會痛苦不堪，甚至需要修養一個月，都是十分合理的事情。

我咬唇，瞬間覺得悲從中來。

即便此刻的我並不認識程沐詞，但過去我的傷痛，卻像是穿越了時空，直直地傳達給我。

我將這些資訊傳了訊息給徐允澤，他馬上回電給我，我一邊確認自己將進到主臥房的足跡都消弭了，一邊關上門並走回玄關解開反鎖，回到了自己的房間。

「妳想起來自己和程沐詞有聯繫？」徐允澤的問話直接證實了我的猜測。

「不是，我只是就現有的資訊，以及過去的我的行為連接起來，做最合理的推斷。」我躺在床上閉著眼說，「不過你的回覆讓我知道，我自己離真相又進一步了對吧？」

「在妳答對的情況下和我確認，我不會騙妳。」徐允澤也老實承認。

「你知道多少事情？」

「我和許晏寧以及妳媽媽都知道全部，但她們不希望妳想起來，而我則不會主動提起。」徐允澤在電話那頭又嘆口氣，「我唯一不知道的，就是當時的妳到底在想些什麼，應該是說，我無法理解。」

「所以你才希望我能快想起過去的事情，才能確認我當時腦子在想什麼吧。」

「沒錯。」

「很抱歉，連現在的我都搞不清楚自己當時在想什麼。」我嘆氣，過去的自己好麻煩啊。

「答應我。」

「嗯？」

「當妳真的想起什麼時，哪怕只有一點點，都一定要告訴我。」

「你說像現在這樣嗎？」

「對，我不想要妳又什麼都不說，就自己做任何決定，至少和我討論過後，再去做妳想做的事情。」

「嗯。」

「其實我……」徐允澤停頓了一下，「我聽到劉佑睿早就知道程沐詞這個名字的時候，真的覺得……我算什麼……」

「咦？」我從床上坐了起來。

「我在妳自殺以後，才得知妳和程沐詞是雙胞胎，也才知道妳對她的死感到痛苦，但在我和妳交往的這近一年內，妳一次也沒有和我提過程沐詞的名字，當然我能理解，可是劉佑睿卻知道了，還是妳告訴他的。縱使他不知道那名字的意義，他還是從妳口中得知……」

我捂住嘴，從他壓抑又顫抖的聲音之中，明白了他有多難受自己無法成為過去的我的依靠這件事情。

「對不起，我真的不知道為什麼自己會那樣子。」

「所以等妳想起全部後，請一定要告訴我……」

「我會的。」我嚥了一口口水，「也跟你保證，這一次，無論什麼事情，我都一定會先告訴你。」

「嗯。」

我覺得鬆了一口氣，又再次躺回床上，「對了，既然事情的全貌就是這樣，那為什麼媽媽和許晏寧不希望我想起來呢？」

「這就要等妳全部想起以後才會知道了。」

「許晏寧要我不要相信你，她說她是為了我好。」

「那我也只能說我是為了妳好。就像我說的，每個人認定為妳好的方式不同，要怎麼認定，也只有妳自己想起來以後，才能知道的了。」

「嗯，我知道了。」

「至少妳要慶幸，學習那方面的事情妳不是一片空白，不然明天的考試妳鐵定完蛋。」

「啊，對齁，我都忘記要考試了，這下子真的得認真念書。」我一笑，結束了這場和徐允澤之間的對話。

發現他的個性，其實也沒那麼討人厭啊。

在專心念書以前，我發現了自己記憶中的BUG。

要是我都記得過去的點滴，唯獨忘記去年的事情的話……

那為什麼我的記憶之中沒有出現過程沐詞呢？

是因為太過痛苦，所以刪除了所有與她有關的記憶嗎？

「現在我能接納這些痛苦了。程沐詞呀，另一個我，我能接受與妳有關的任何記憶了。」

我如此禱告著，天真地希冀睡一覺後，就能想起所有事情。

那天晚上，我又夢見小時候的事情了。

夢裡的爸爸依然鼻子以上是被黑霧給馬賽克掉，但這一次，我的小手牽著另一個人的手。

那是與我長得一樣的小孩。

「沐詞、柚子，妳們真的是爸爸的寶貝。」爸爸抱起了我們兩個，輪流親吻著我們的臉頰，而我們格格笑著。

看著雙方的眼睛，映照出另一個自己，也正在微笑的模樣。

我和程沐詞的眼中，永遠都有另一個交疊的身影。

我的寶貝、我的寶貝。

程沐詞也是我的寶貝。

然而我卻忘記了我的寶貝。

我露出了甜甜的微笑，卻流下了眼淚。

在夢裡朦朧地意識到，我的爸爸，現在失去了他唯一的寶貝。

「還有我……在……」我似乎說了這樣的夢話。

沐詞、柚子，妳們真的是爸爸的寶貝。

04

一覺醒來，對於自己又夢到爸爸這件事情，感到十分訝異。

我和爸爸明明沒有相處多少時光，為什麼會一直夢見他呢？

難道是因為每天都和媽媽在一起，才會夢見遠在他方的爸爸嗎？

我對爸爸的了解程度，就是他名字叫做程至國，但他現在在哪裡、做什麼事情，我一概不知。

雖然爸爸的事情，我去問媽媽應該就會知道，可是現在這種情況並不適合，況且在過去我也從來沒問過爸爸的事情……大概吧。

最重要的是，媽媽還不知道我已經知道程沐詞的事情了。

「這一次數學小考依舊是程柚詩考一百分，你們學學人家好嗎？都比你們晚一個月上學，成績還是遠遠超過你們。」數學老師在講台上口沫橫飛地稱讚我，讓我有點不好意思。

下課的時候，我看著自己的數學小考試卷，記得自己數學成績應該不是太好才是，進度都落後了一個月，還能立刻跟上，不禁佩服起自己。

「柚子……」許晏寧坐到我前面的位置，怯怯地開口。

明明和她發生爭執的我也有錯，但為什麼是她這樣過來向我示好呢？

我嘆口氣，「晏寧，抱歉，那天是我說話不好聽。」

「嗯，妳的情況會那樣子，我能夠理解。」她伸手想拉我的手，卻似乎在猶豫。

我主動握住她的手，然後跟她說，「不管怎樣，妳都是用妳的方式在對我好，是我的反應太激烈了。」

「不，我不該用自己以為的方式……」她漂亮的眼睛裡面又泛了淚光，「其實我之後和徐允澤吵架了。」

「吵架？什麼時候的事情？他沒有跟我說。」我有些驚訝。

「他本來就不是會碎嘴的類型，這是他的優點也是缺點吧。」許晏寧說這句話的時候還翻了白眼，看起來她和徐允澤真的不和呢。

根據她所說的狀況，她在那天與我吵架後的晚上，就特地跑去找徐允澤，還把他約出來。並且質問徐允澤為什麼執意要我想起一切，但當她說到這裡時，許晏寧卻頓了一下，看著我欲言又止。

我想起她還不知道我現在了解到什麼程度，於是伸手拉起許晏寧的手往外走，畢竟這樣的事情可不方便在教室說。

徐允澤看見我的動作，與我對眼後便心有靈犀地也跟著走了出來，當我們走到專任教室的廊間時，許晏寧瞧見徐允澤也跟過來後，大概明白是怎麼回事了。

「難道他什麼都告訴妳了？」

我失笑，「不，妳剛才不也說了，他最大的優點與缺點就是不會碎嘴？所以他什麼都沒說。」

「那……那妳知道多少了？」許晏寧咬唇，偷看著一旁的徐允澤。

「根據我自己調查，知道程沐詞是我的雙胞胎姊姊，而我或許和她有所聯繫，以上這些我都和徐允澤確認過了，但也僅此而已。」

許晏寧瞪大眼睛，這一次直接看著徐允澤，張著嘴卻一發不語。

「她就只知道這樣。」徐允澤向許晏寧補充道。

「我告訴妳是因為，我相信妳和我真的是很好的朋友，或許過去的我因為各種因素，可能很多事情隱瞞妳。這一次，我會把事情都告訴妳，假設我真的有一天想起來了，也一定會跟妳說，為什麼當時的我會那麼做，甚至會選擇隱瞞妳。」我握緊拳頭，說出這肺腑之言，惹得許晏寧熱淚盈眶。

她抓著自己的襯衫，一手摀在自己的臉上，渾身顫抖地掉著眼淚。

「我……我真的很想問妳為什麼選擇自殺，為什麼身邊有我、有徐允澤了，還會選擇那條路……為什麼什麼煩惱都不跟我們說，為什麼要自己承擔……」她看著徐允澤，又看了我，「妳說，等妳想起過去後，會告訴我原因，但是過去的妳都選擇自殺了，難道妳能保證想起來後，不會再次選擇同一條路嗎？」

我愣住，倒是沒想過這個答案。

「我寧願永遠不要知道妳當初為什麼不信任我的原因，也不想冒那個險，讓妳想起來後，又走上同一條絕路！」她跪坐到了地上，些許崩潰，「我是為了妳好，我深信這樣是為了妳好啊！」

「晏寧……」我也蹲到她的身邊，想安慰她。

沒錯，她真的是為了我著想，而我卻……

「徐允澤，你難道沒這麼想過嗎？柚子的失憶或許是上天的恩賜，她如果想起來了又重蹈覆轍怎麼辦？你能負責得起嗎？」她將怒氣轉而對上徐允澤。

「我想賭一把。」徐允澤握緊拳頭，從他的表情看來，他並不是沒有考慮過這一點。

「我想賭這一次的她，在經歷過失憶後，能用不同的角度看待一切。」他深吸一口氣，站直了身子，毫不猶豫地說，「她能找到與傷痛共存的方式，因為她已經看到我們有多難過，也多麼支持她。」

我不免也鼻頭一酸，程柚詩呀程柚詩，我不知道過去的妳到底發生了什麼事情，但是妳怎麼會笨到選擇自殺呢？妳怎麼不向身邊的人求助呢？

明明他們就近在咫尺，明明他們就如此深愛我。

「我答應你們，這一次無論如何，我都不會選擇那條路。」我說，與許晏寧抱在一起痛哭。

「嗯。」

等我們都平靜了許多後，徐允澤買了兩罐可樂給我們冰敷眼睛。

許晏寧一邊吸著鼻涕，一邊和徐允澤達成了共識，那便是當我自己察覺到了某種程度的事實而詢問他們時，他們能夠告訴我是否屬實，但不能主動提供我關於過去的任何線索。

他們都選擇相信，唯有靠我自己摸索得出來答案後，我才不會再次陷入死胡同。

「放心，妳媽媽那邊，我會說妳什麼都不知道的。」許晏寧跟我保證，同時也握住我的手說，「妳媽媽的出發點跟我一樣，就是不想要妳再走上同樣的路。」

「嗯……我想我的繼父也知道一切吧？」

「當然，他是妳的爸爸。」許晏寧扯了嘴角，「妳剛才說也聽見顏老師和阿姨的對話是吧？顏老師知道的不比我們詳細，不過，大致上的事情她還是知道，顏老師是好老師，會比較站在阿姨的角度。」

「嗯，我知道大家都是為了我好，我懂。」我嘆氣，「過去的我，還真是會給大家找麻煩呢。」

「沒這回事！」

「才沒有！」

他們幾乎是同時間說出這樣的話，兩個人還愣住了互看一眼，惹得我笑了出來。

「我已經知道你們有多疼愛我了，我真的好高興。」

「知道的話，那就真的要答應我們。」許晏寧破涕為笑。

「那妳下一步要怎麼做？」

「嗯……我想先去找我爸爸。」我頓了一頓，「我的親生爸爸。」

「妳知道他在哪裡？」徐允澤問。

「不知道，但戶政事務所可以查。」我在網路查過，身為程至國的直系血親，也就是親生女兒的我，是能在戶政事務所調閱爸爸現居地。

「嗯，祝妳一切順利。」徐允澤微笑。

「記得有任何事情，一定要打電話給我們！」許晏寧叮嚀。

真是神奇，我明明失去了記憶，卻感受到前所未有的安全感。

——

下午，在他們的掩護之下，我蹺課溜出學校，來到戶政事務所準備調閱戶籍資料。

有一個麻煩是，未滿二十歲的人若要調閱戶籍資料，必須要由法定代理人陪同才行。

不過，規則是這樣，路是人走出來的。

我在戶政事務所前深吸氣好幾次，確保自己能夠演技精湛，才踏入建築物內。

抽取了號碼牌後，我從滿懷緊張不安，等到最後只希望快點輪到我的不耐，差點就讓我忘記要演一個楚楚可憐的小女生。

好在，輪到我時，櫃檯人員是一個四十多歲的大叔，我一坐下後他便親切地說：「妹妹，已經下課了嗎？」

他說這句話的時候偷瞄了一下時鐘現在的時間不過兩點半，怎麼樣都不可能是下課時間，所以我也不打算說謊。

「叔叔，我是蹺課出來的，想請你幫我一個忙。」

他的表情瞬間變得嚴肅，隔壁櫃檯的阿嬤似乎重聽，正大聲地與櫃檯小姐對話，恰巧可以掩飾掉我們這邊的動靜。

「我爸媽離婚了，我和媽媽一起住，我是最近才發現自己原來有雙胞胎姊姊，卻從來沒見過她……結果姊姊居然已經過世了！」說到這我還吸了鼻子，哽咽了一下，「我想去看看姊姊，至少去上個香……但是媽媽不准我去、也不准我見爸爸……」

媽媽，對不起！

失去記憶的我，嚴格說起來也不算說謊，這是說話的技術罷了。

「所以我想請你幫我查一下爸爸的住址，至少我能偷偷地過去……見見姊姊……見見爸爸……」雖然只是演戲，我真的還是掉下了眼淚。

「妹妹，叔叔很同情妳，但是我沒辦法這樣做，未成年的話還是要由法定代理人……也就是要妳媽媽過來辦理才可以。」

我皺起眉頭，難道這招裝可憐不管用？

這時，我發現大叔推過來一張紙條。

上頭寫著：「身分證。」

我立刻拿出身分證，大叔用眼神向我示意，要低調些。

「拜託你……大叔，幫幫我好嗎……」我十分配合地跟著繼續演。

「很抱歉，妹妹，請妳不要為難我。回家跟媽媽好好商量，請她帶妳過來吧，母女之間哪有什麼話不能說呢？媽媽一定會聽進去妳的話，畢竟那也是她的女兒啊……」大叔一邊說著，一邊快速打著鍵盤，看起來不把我放在眼裡。

很快地，他在一張便條紙上寫下一串地址，並且在後頭寫上加油兩字。

「妹妹，妳快回學校上課吧。」大叔說著，給了我一個鼓勵的微笑。

「好吧，我再請我媽媽來。」我邊裝哭邊對大叔比了讚，趕緊拿了那張紙離開。

我的心臟狂跳，幾乎是用跑的離開了戶政事務所，直到遠離至兩條路口以後，才攤開了那張紙。

上頭寫著爸爸的地址，那個我已經不記得長相的爸爸，就位在這地址。意外的是，地址離我現在的位置並沒有很遠，捷運站不過五站距離。

這麼想，程沐詞就讀的青藍高中也就在那附近。

我看著那張紙條，覺得擇日不如撞日，今天就過去比較快。

我傳了訊息到我們三個人的群組，告訴他們爸爸的地址，以及我現在就要過去。

「柚子，妳冷靜一點，現在才三點，妳爸爸如果是正常的上班族的話，現在也還沒下班啊。」

「妳記得妳爸爸做什麼的嗎？」

許晏寧和徐允澤的回應讓我頓時清醒過來，也是啊，爸爸在上班啊。

他是做什麼的？

「我不知道……」我喃喃自語地說出了這句話。

但，我真的不知道嗎？

如果我和程沐詞一直有在聯絡的話，我會不知道爸爸的近況嗎？我一定會好奇，一定會詢問。就如同程沐詞如果問我媽媽的事情，我也會說一樣。

「想起來啊！我的腦袋！」我用力拍了拍自己的頭，力道大到連經過的路人都睨了我一眼。

爸爸是什麼工作？

喊著我的寶貝的爸爸是做什麼的？

不行，任憑我怎麼努力地回想，就是想不起來。

「我不知道，但我以前應該是知道的。」我這麼回應，還是決定前往上面的地址。

在搭乘捷運的時候，我稍微Google了一下這地址的外觀，發現是一棟社區大樓，看起來就是有警衛那種。

我想賭一把。

第一，警衛一定會認得我這張臉。第二，如果我以前來這裡上香過，那警衛也會知道程沐詞有雙胞胎妹妹。第三，我能詢問警衛關於爸爸的工作，還有幾點回來，甚至能問到聯絡方式。

我想賭一把，媽媽不希望我想起來，但是爸爸呢？

失去了程沐詞的爸爸，在看見同一張臉的我以後，會告訴我些什麼事情呢？

更何況，我已經決定好，今天無論怎樣都要見到爸爸才行。

於是我又傳了訊息到群組，告訴他們這件事情，並要許晏寧稍晚配合我，告訴我媽我們一起去逛街之類的。

一切準備就緒，捷運也抵達目的地。

神奇的是，當我一來到這裡，便確信自己一定來過，甚至不需要看著地圖都知道要怎麼走到爸爸的住家，還記得轉角有間章魚燒店、再往前的飲料店果汁很好喝等。

對於這個發現我感到相當興奮，更加證明了我確實和程沐訶在過去是有聯絡的。

終於，我來到了社區大樓前，心臟跳得飛快，我踏入大門，看到櫃檯有一位約五十多歲的中年警衛，他正在整理著信件。

「鄭伯伯……」這句話幾乎是脫口而出，對此我感到非常訝異。

「是……啊！」警衛先是笑盈盈地抬頭，一見到我像是嚇了一跳，但他很快地回過神，「妳是……沐詞的妹妹，沒錯吧。」
我果然沒有猜錯，我真的、真的來過這裡！
「對！我叫做程柚詩！」
「我嚇了一跳，以為沐詞回來了……哎呀……沐詞這可憐的孩子……」
鄭伯伯邊說邊哽咽了起來，我也被這哀傷的情緒給感染。
「不過，妳怎麼過來了？好久沒有見到妳了啊。」
「請問我上次過來這裡……是一年前，來給姊姊上香的嗎？」
「咦？不是啊，前幾個月妳來過一次，暑假的時候吧，但妳沒有去見妳爸爸，還要我別說……伯伯我可是真的沒說啊……」
我的心彷彿被用力掐緊一般，又是暑假。
「是這樣的，鄭伯伯，我想請問你一些事情……」
不知道為什麼，我覺得能夠相信這位警衛先生，所以我把失去記憶的這件事情告訴他，只是省略了我自殺的部分，畢竟要是聽到我自殺的話，那他一定就會告訴大人了。

「所以說……我想找回過去的記憶，但我媽媽不希望我想起來，我好不容易到找爸爸的地址，想請問一些問題……」

「神還要給妳們這對雙胞胎姊妹多少考驗啊，孩子，真是辛苦妳了。」鄭伯伯顯得十分難過，「妳問吧，只要是我知道的，一定都會告訴妳。」

「嗯……首先，我爸爸應該不在家吧？他是做什麼的呢？」

「妳爸爸現在在上課啊，他是高中的數學老師。」

數學老師!?

「來，這一題算完以後，就可以去看電視了喔。」

一個聲音倏地出現在我腦海之中，彷彿還能看到一個拿著筆坐在我旁邊的男人，他戴著黑框眼鏡，表情和善地對我笑著。

「哎呀，沐詞的妹妹，妳還好嗎？」鄭伯伯抽了好幾張衛生紙給我，我才注意到自己居然流淚了。

「啊，對不起，我好像想到什麼了。」我擦著眼淚，心情很是激動。

我想起了爸爸的臉。

留著濃密的頭髮，戴著黑色的粗框眼鏡，看起來就像是學者一樣，那就是我的爸爸。

「那，請問鄭伯伯見過我幾次？看過我和沐詞同時出現嗎？」

「沒有！我第一次見到妳，是沐詞過世後幾天，妳和妳媽媽一起來上香，那時候才第一次知道沐詞是雙胞胎。第二次就是幾個月前的暑假了，妳在下雨的時候過來……」

鄭伯伯說，我那天失魂落魄地來到這裡，自責地說著自己做錯了很多事情，然後說死的應該是自己，並且問了爸爸和阿姨最近怎麼樣。

「阿姨？」我頓了頓。

「啊……妳爸爸有再婚，妳和沐詞都叫她阿姨。」鄭伯伯看起來有些尷尬。

「原來是這樣……我媽媽也有再婚，所以沒事的，我覺得這是好事情，他們都找到陪伴的人。」

「妳能這樣想就是最好了。妳阿姨現在就在家裡。」

得知更勁爆的事情，阿姨在家，爸爸卻不在。

我不確定程沐詞和阿姨的關係好不好，還是不要貿然上去比較保險。

「那我爸爸通常幾點回來，你知道嗎？」

「通常也是七點多了。」

「那……拜託鄭伯伯幫我個忙。」我借了紙跟筆，留下了自己的手機號碼，「請幫我轉交給爸爸，確保阿姨不在的時候給他，然後請他跟我聯絡。」

「好，好，鄭伯伯一定幫妳做到。」鄭伯伯老淚縱橫，「哎呀，看見妳，就好像再次看見沐詞一樣啊……」

沒想到見到真實認識程沐詞的人，會讓我這麼難受。

對他們來說，是一個真實的人忽然消失了。

我和鄭伯伯說完幾句後，離開了社區。

那張寫給爸爸的紙條內容是這樣的：「爸，我是柚詩。我偷偷跑來這裡想見你一面，請你不要跟媽媽聯絡，也不要跟阿姨說，能不能私下打電話給我？我真的需要見你。」

希望爸爸能站在我這邊，不，剛才見過鄭伯伯那樣後，我明白爸爸一定會這麼做的。

他會想見我的，因為看到我，就宛如看見程沐詞一樣。

所以，他不會和任何人聯絡的。

這就是我賭的可能。

那天回到家後，媽媽並沒有對於我的行蹤有太多疑問，只要我趕緊去洗澡寫作業之類的。

雖然從爸爸的社區離開的時間不過四點多，但我在那附近逛了一圈，總感覺十分熟悉，而且經過一些地點時，腦中會迸出自己曾在那裡的畫面。

我聽說，雙胞胎有時候也會共享記憶，難道我腦中的畫面，是程沐詞留給我的禮物嗎？

當我洗澡出來後，發現手機有未接來電，這讓我十分懊惱為什麼沒有把手機帶進去浴室。

正當我猶豫著是不是要打回去還是傳訊息的時候，手機再次響起震動，我立刻接起來。

「喂……？」我輕聲回應。

電話那頭傳來沉重的呼吸，像是強忍著啜泣般的聲響，半晌才顫顫地開口：「……柚子……」

我一聽到他的聲音，就知道是爸爸。那渾厚、帶著磁性的嗓音，在聽到的當下我便泣不成聲。

「爸爸……爸爸……」我不知道自己這悲從中來的強烈情緒是哪來的，只知道好難過、好難過。

好像是罪惡感、好像是愧疚感，更多的是想念。

「我趁著妳阿姨洗澡時打的電話，不能說太久。這樣說雖然不太好，但妳明天下午有辦法離開學校嗎？我會去綠山接妳。」

「下午，好，沒問題！」

爸爸沒辦法光明正大來學校接我，因為我的監護權在媽媽身上。而我也不能光明正大的請假離開，因為必須通知監護人到校來接才確保安全。

唯一的選擇，就是蹺課！

但我今天蹺課過了，明天徐允澤和許晏寧還有辦法糊弄老師嗎？
而且顏老師和媽媽也是一夥的，會不會通知媽媽？
不，再怎麼沒辦法，都一定要有辦法。
於是我立刻將這消息告知他們兩個，開了作戰小會議，制定明天的蹺課計畫。

——

深夜的時候，我從床上忽然睜開眼睛，想要上廁所。
當我起身的時候，發現門縫底下有光源，表示現在有人在客廳，所以才會有光。
警覺心高的我，輕輕地按壓下門把，並且緩緩地把門打開一個小縫。

我房間的位置在走廊尾端，旁邊就是廁所。能夠隱約地看見客廳的狀況，但看不到全貌，不過聲音的話，還是能夠聽見。

「我這樣做是對的……任何一個媽媽都會選擇這麼做……」媽媽的聲音從客廳傳來，聽得出來她盡量壓低聲音了，可是我們家並不大，只要把門打開的話，還是能夠聽見的。

「妳就別這麼自責了……」繼父的聲音也出現。

「但是我能感覺到大家的質疑，像是允澤那個孩子一直都不聽話，最一開始他不是還問說『難道就不能再相信她一次，幫助她想起來嗎？』身為媽媽，我沒有那麼多的心臟去賭，這一次命救了回來是上天的恩賜，下一次呢？」媽媽邊哭邊說，「我不能再次失去柚子！」

「小聲一點，柚子會聽到的。」繼父輕聲地說。「我認同妳的作法，但同時也認為允澤說的沒錯……他是和柚子交往最久的人，或許比我們更理解柚子。」

「他卻不知道柚子選擇自殺了……」媽媽似乎將臉埋在手中，聲音聽起來有些悶悶的，「她爸爸也說我們不該這樣隱瞞柚子，我很想說他懂什麼，諷刺的是，這時候只有他最懂……我還是很自私啊，搶走了女兒，獨留他承受喪女之痛……」

「別這麼說、別這麼說。」繼父似乎抱住了媽媽，「程至國最後不也同意了嗎？他願意先嘗試妳說的方式……」

「這對死去的沐詞不公平啊……」媽媽痛哭著，「我的柚子……我的柚子也死了啊……」

我嚇了一跳，輕輕把門關了起來。

門外的聲音變得模糊，而我冷汗直流。

死去的沐詞。

柚子也死了。

這話是……什麼意思？

我蹲坐在地上，背對著門板不斷顫抖。

聽著繼父一邊與媽媽溫柔地對話，一邊帶著她回到了房間，然後關上了門。

為什麼會說我也死了？

我明明還活著，不是嗎？

——

昨晚的煩惱讓我有些失眠，不知道到了幾點，我才逐漸入睡，可是睡得並不好。

不過天亮以後，或許是睡了一覺的關係，腦子清楚了許多，我忽然覺得媽媽那樣說是沒錯的。

雖然現在的程柚詩還活著，但畢竟「程柚詩」確實是自殺了。而我忘記了過去的記憶，某種程度上也算是死亡。

「不過聽到媽媽那樣說，還是很驚訝呢。」我喃喃著，想必自己一定帶給媽媽很大的痛苦。

我從床上下來，站到鏡子前。看著鏡子中的自己，想像另一個自己站在我旁邊的模樣。

身為雙胞胎，卻從來沒體會過雙胞胎的感覺，還真是可惜。

「程沐詞，我會一輩子記得妳……為了妳，我一定會儘快想起過去的記憶。」

身為她唯一的手足，至少我要記得她。

所以今天，我一定要見到爸爸。

總感覺我要的答案，就在爸爸身上了。

到了學校以後，我立刻找了許晏寧和徐允澤討論下午要蹺課的事情，卻不慎被劉佑睿聽見。

「蹺課？」

徐允澤一臉看白痴的表情看我，誰叫我剛才找他們兩個時說的話是：「欸欸，快來討論下午蹺課的事情。」

「妳要蹺課？」劉佑睿又重複。

「他都聽到了，也不能隱瞞吧？」我對著許晏寧和徐允澤說，他們兩個聳肩，所以我對劉佑睿勾了手指，「跟我來。」

我們來到走廊尾端的露台，這裡雖然有學生來往，但也還算是寬廣，有誰在偷聽也能看得清楚。

「我是不是沒跟你們說過，劉佑睿也知道我失去記憶了？」突然我才想起來這件事情，徐允澤和許晏寧瞪大眼睛。

「他也知道？」徐允澤聲音很大。

「喔，對，我知道。在柚子老實跟我說以前，我就覺得她很奇怪了。」惹得徐允澤反應很大，讓劉佑睿似乎有些得意。
「沒辦法，我那時候要問他的事情，是關於程沐詞。」我說。
「嗯……算了啦，反正都發生了，劉佑睿也不是會到處亂說話的人，多一個人幫忙應該也好。」許晏寧打圓場。
「多人就容易壞事。」徐允澤似乎看不爽劉佑睿，嗯，因為他喜歡我的關係嗎？
「你們都聚在這裡做什麼呀～」結果又跑來一個蘇小乖，看樣子我們應該維持原本的習慣，到專科教室那裡才對。
「柚子～妳最近都不太理我，我做錯什麼了嗎？」蘇小乖直接跑來勾住我的手，我看著其他三個人，大大嘆氣。
「那個，蘇小乖，我下午要蹺課。」
「蛤？蹺課!?」換馮品正從一旁的長椅邊出現。
「你又怎麼會在這？」徐允澤翻了白眼。

「我躲跟蹤狂啊。」他乾笑。

我看再這樣下去，全班都要知道我下午蹺課了。

「你們要發誓，除了你們以外，不會再有人知道程柚詩失去了去年的記憶。」

我們移動了場地來到專科教室，這裡就絕對沒有別人了。

許晏寧統整了精簡的答案給大家，並且要他們發下毒誓，也就是若說出去就考不上大學，重考一樣落榜這種泯滅人心的毒誓。

「嗚嗚，早知道我就不要靠過來了。」蘇小乖哀號。

「我現在當沒聽到可以嗎？」馮品正說。

「不准，乖乖聽話。」劉佑睿看起來倒是很開心。

「作戰是這樣……」徐允澤低聲。

「作戰……噗……」劉佑睿笑出聲。

「你有什麼意見？」徐允澤不滿地反問。

「沒什麼。」劉佑睿聳肩，轉頭看向我，「話說回來，妳失去記憶的話，這樣表示妳現在也沒喜歡徐允澤吧？那我也有機會囉？」

這句話讓我一愣，其他人倒抽一口氣，蘇小乖甚至發出熱鬧的歡呼聲。

「劉佑睿……」徐允澤站直身體，感覺就要揍劉佑睿一樣，我急忙拉住徐允澤。

這舉動讓其他人又發出驚呼聲，蘇小乖甚至小聲地說：「修羅場、修羅場！」

但是我只是看著劉佑睿，然後說：「你也……不喜歡我了吧？」

劉佑睿抬起一邊眉毛，「為什麼？」

「我只是有種……有種奇怪的感覺……或許跟我失去記憶，所以不記得以前是怎樣也有關係……」我瞇起眼睛，注意到劉佑睿的表情產生了些許變化，「我感覺到，你並不喜歡我。」

我不知道他是在我這次失去記憶以後才不喜歡我了，還是在更早以前……只是，和徐允澤總是帶著熱切的愛意看著我的眼神，劉佑睿盯著我時，更多是帶著疑惑，與不解。

「這是……什麼意思啊？」馮品正問。

「哈哈。」劉佑睿笑出聲音，「妳是失去記憶以後才變得這麼敏銳，還是很久以前妳就已經發現了呢？我倒是這陣子才注意到……」說完他垂下眼睛，然後又看著我，「明明是同一張臉，我就是感覺不一樣……我是高一開學對妳一見鍾情，但有一天，妳就不太一樣了。」

許晏寧和徐允澤互看了一眼，皺起了眉頭。

「欸，程柚詩，既然妳說妳是雙胞胎，妳有沒有可能……和妳的姊姊互相交換身分來學校上課過？」劉佑睿的話令我們全部的人都震驚不已，尤其是我。

我從來……沒想過這個可能性。

但，交換身分上學這種事情，確實很有可能是我會做的事情。

那為什麼我會從來沒有想過？

「我想說的是……有沒有可能，我一見鍾情的對象，是妳的姊姊程沐詞呢？」

劉佑睿這句話讓我的腦子瞬間出現許多畫面，快速閃過就像是幻燈片一般，我來不及看清楚，只覺得頭痛欲裂，立刻蹲到了地上。

「柚子！」許晏寧立刻過來攙扶我，然後惡狠狠地看著劉佑睿，「你不要亂說！」

「我只是猜測。」劉佑睿的表情看起來十分傷心，「我不知道自己一見鍾情的是誰，就算是妳，也不是現在的妳。所以是啊，我不喜歡妳了。」

然後他看了一旁雙手握拳、些些顫抖的徐允澤，接著一笑，「這樣你總算放心了吧？」

「就算你繼續喜歡她，我也沒什麼好擔心的。」徐允澤倒是一副雲淡風輕這麼說。

「呃……好啦，我們現在要快點討論，下午用什麼辦法自然地讓柚子離開學校，去和爸爸確認過去的事情。」蘇小乖不再看熱鬧，總算說出有建設性的話。

馮品正見狀也跟著說：「我順一下計畫齁，就是中午開始，柚子吃完午餐就一直跑廁所拉肚子，然後蘇小乖去找顏老師拿東西的時候，順便提起這件事情。接著下午第一堂體育課到一半，劉佑睿不小心用排球打到柚子，換我跟徐允澤帶柚子去保健室，許晏寧去報告顏老師，想辦法讓顏老師去保健室看見柚子虛弱地躺在床上休息。」

「接著，妳發揮演技，說著自己最近睡不太好，還是想不起來所有事情，覺得很沮喪之類的，讓顏老師產生同情心。許晏寧就在一旁加油添醋要妳休息個一兩堂課，我想顏老師一定會允許的，最後就這樣從保健室離開就好。」徐允澤下完結論，還兩手一攤表示完美。

「不過，會這麼順利嗎？」我有些不安。

「原本只有我和徐允澤兩個人的話，可能不會這麼順利。現在加入了三個人，我覺得可以。」許晏寧握住我的手，「要有信心！」

我看著他們幾個人，頓時覺得自己的腳踩在堅硬又穩實的地板上，不需要擔心。即便我跌倒了，也有他們扶住我。

「算我一個吧。」

OK，又一個聲音出現，我們六個人差點嚇死。

只見宋薇婷從專科教室走出來，手裡還拿著一本言情小說。

「班長！妳怎麼、怎麼會在這裡？」蘇小乖大叫。

「我只是想找個安靜的地方看小說，沒想到卻聽見了比小說還要精采的故事。」宋薇婷露出淺淺微笑，然後看著我說，「這段時間辛苦妳了，柚子。」

唉唷，煩吶，這些人搞得我好想哭。

「謝謝你們，果然是出外靠朋友。」我哽咽起來，登時覺得失去記憶的自己，一定看到了過去沒見過的光景。

我在心裡堅定地告訴自己，我已經準備好接受任何事實，無論多麼令人心痛，都要接受一切。

這一次，我不是一個人。

我看著徐允澤，如同他所說的，賭一把。

賭失去記憶後的我，得知真相後，不會再次走上自殺那條路。

我絕對，不會再自殺了。

這是為了他們，為了我的父母、也是為了自己，當然還有程沐詞。

剛才，在那些快速閃過的眾多片段中，我見到了另一個和自己長相相同的人，她穿著便服，站在我們家附近的公園，然後對我微笑。

接著，我們其中之一，有人說話了。

我以為是她，可是她的嘴並沒有動。

聲音似乎是從我這邊發出來的。

「我們真的長得一模一樣。」

「小時候就算了，現在我們幾乎也像是在照鏡子一樣。」

「妳覺得，爸媽真的分得出我們兩個嗎？」

「我啊，有一個想法。」

「希望妳能答應，我覺得這樣很酷！」

我們，要不要交換身分試試看？

05

整個蹺課作戰計畫非常成功，順利到不可思議，我想宋薇婷的加入使得成功率大大提昇。

「保健室老師如果在教室，柚子要怎麼逃出去？」

「就算支開保健室老師好了，只是老師回來以後看見床上沒人，她一樣會通報顏老師啊。」

「那要什麼理由支開保健室老師？」

聰明的她補足了我們作戰會議中的不足。

最後，由她和許晏寧去和顏老師說我在保健室，提到我從早上看起來就狀況不太好。

顏老師來到保健室關心我後，要我多休息一堂課，而在許晏寧與顏老師偷咬耳朵之下，顏老師也同意不會報告給媽媽知道，畢竟孩子也需要一點私人空間。

於是，當上課了以後，只剩下我和保健室老師在裡頭。這時候宋薇婷就過來了，她說有人在樓梯那跌倒受傷了，沒辦法移動，讓保健室老師跟著她離開。

其實沒有真正受傷的人，我們的目的只是要讓保健室老師離開保健室就好，所以到了樓梯那邊，只要說受傷的人自行離開了就好。

許晏寧就趁著老師離開的這段時間偷溜進來，由她代替我躺在床上，這樣保健室老師回來的話，也不會發現床上沒人。

而他們兩個怎麼溜出教室？很簡單，由宋薇婷帶著生理痛的許晏寧到保健室休息。

我只能說，謝謝宋薇婷。

時間剛剛好兩點，我從馮品正提供的蹺課路線離開學校。

「後門停車場右邊數來第二個圍欄已經壞掉了，推一下就可以出去，還沒有修好，現在只是放著的障眼法。」

至於他怎麼知道，我們幾個好同學就不多問了，不過他偶而下午會喝飲料吃雞排，我們終於知道從何而來了。

在眾多朋友的幫助之下，我順利離開了學校，來到和爸爸約定好的巷子。那裡停了好幾台車，我直接打開其中一台白色的副駕駛座車門，然後坐了上去。

駕駛座的男人似乎嚇了一跳，一見到我後，兩行淚頓時從他的眼睛迸出，看著我的臉泣不成聲。

我想開口要爸爸不要哭，才發現自己也早就淚水直流。

爸爸的臉，如此熟悉。

他太陽穴上的髮根微微泛白，黑框眼鏡因他的眼淚而起霧，我依舊可以看見他眼尾的魚尾紋，以及那遺傳給我和程沐詞的雙眼皮。

我們先是抱在一起哭著，從爸爸身上傳來了熟悉的味道，我覺得心臟像是被揪緊了一樣，使得我後腦隱隱發疼。

「過得好嗎？」爸爸邊哭邊大手撫過我的臉頰，擦去我的淚水。

「嗯嗯，爸呢？爸還好嗎？」

「爸爸還讓妳蹺課呢。」爸爸自嘲地笑著，然後馬上板起了老師的臉孔，「妳頂多只能離開三十分鐘，還得回去上下一堂課才行，這一堂課是什麼？」

「呃……數學。」

「那就好，妳數學沒問題的。」爸爸邊說邊凝視著我，「我聽妳媽說妳失去記憶了，現在想起來了嗎？」

我搖頭，有些埋怨地看著他。

「所以爸爸也知道我的事情，那為什麼都沒來看過我？」

「我答應妳媽，不外力干涉……」爸爸看起來也很為難，「但如果是妳主動來找我，那就另當別論了。」

「爸爸，為什麼我會對你這麼熟悉？你和媽離婚以後，我們不是沒有見面過嗎？」

「……」爸爸似乎在猶豫。

「我們第一次見面，不是應該在沐詞的喪禮上嗎？」我看著爸爸驚訝的眼神，他一手捂住嘴。

「妳已經知道沐詞了？」

「嗯，但是……我還是沒有想起來……」

這一次，爸爸似乎不再猶豫了，他從後座拿起了一袋看起來有點重的袋子，放到了我的腿上。

「這是沐詞的日記，但沒有每天寫……妳看了以後，就會明白了。」

我看著那好幾本的筆記本，傻楞楞地問，「那爸爸你看過了嗎？」

「在沐詞過世以後，我就看過了。」爸爸握緊了方向盤，「我是一個失職的爸爸，都沒發現女兒的狀況、女兒的變化……」

他又看了我，對我說，「我的寶貝……」

我咬著下唇，看著那群厚厚的筆記本。

「這個……我能帶走嗎？」

「別讓妳媽發現了。」爸爸整理好情緒，看了一下時間，「妳阿姨也很自責，她不是個壞人，只是比較嚴厲，希望妳別怪她。」

「喔……」不知道爸爸為什麼要對我說這句話。

看了一下時間也差不多了，和爸爸再次擁抱以後，就拿著那一袋跑回學校，並且傳訊息告知蹺課團體，在他們的掩護之下，回到了保健室。

然則，我實在太想看日記，便主動告訴媽媽我不太舒服，請她來接我回家，將書包裡的教科書全部放到抽屜裡，改塞入日記。

「妳一個人看可以嗎？」徐允澤十分擔心。

「你不相信我嗎？」我反問。

「不是不信……我只是擔心……」他看著我書包那滿滿的日記，「妳知道……妳們都曾經寫過日記嗎？」

「嗯……我自己也有猜到。」我莞爾一笑，「而且我想媽媽應該會偷看吧？」

「妳媽媽做的一切都是為妳好，儘管我並不認同她的作法。」徐允澤沒有否認。

「到頭來我卻還是想要找出真相，這大概不是我媽樂見的吧。」我咬著下唇，努力忍住眼淚，「我覺得……我大概……大概猜到一點了。」

「……」徐允澤看著我。

「但是，我不想問你。我想透過沐詞的日記確認，也想好好的……和自己對話。」

「……妳要記得我一直在，不管幾點，妳隨時都可以打給我。」徐允澤慎重地說。

「柚子，妳媽媽好像到了！」許晏寧看著窗戶外的校門那，瞧見了媽媽的紅色轎車。

「那我就走了喔。」我將書包皮闔上，看著眼前的朋友們。

無論是對全部事情一知半解的宋薇婷、蘇小乖、馮品正，還是大概知道全貌的劉佑睿，跟完全了解的徐允澤、許晏寧。

他們都義無反顧地幫助我這個認識不過一年的朋友。

「大家不要擔心啦，我們明天見。」我背起書包，對他們揮手。

就當我準備走出教室的時候，徐允澤卻用力拉住我。

「答應我，我明天還能見到妳！」他難得顯得如此激動，眼眶似乎還閃爍著。

「我答應你，你一定見得到我。」

「是活生生的妳！妳懂我的意思嗎？」

這一刻，我才明白，我的自殺帶給他多大的傷害。

我捧住他的臉頰，仔細看著他的眼睛，用穩定且緩慢的語調跟他說，「徐允澤，你一定還會見到活生生、健健康康的我。」

他的眼睛掉出一顆眼淚，露出了一個不捨微笑，然後忽然將我拉進他的懷中，輕輕地抱了一下。

班上其他不知道狀況的同學紛紛發出笑鬧的聲音，調侃著我們在曬恩愛，只有知道詳情的他們帶著難以言喻的神情。

「你知道嗎？你一次，都沒喊過我的名字。」我在徐允澤的耳邊輕聲說，他似乎愣了一下。

我輕推開他，對他露出微笑。

然後轉身離開了教室。

「妳哪裡不舒服呢？要不要直接帶妳去醫院找陳葳醫生呢？」媽媽一見到我便十分緊張地詢問。

「沒事啦，媽媽，我就覺得很疲倦，然後有點想吐，我想休息一下就會比較好了。」

「那如果到晚上還是這樣的話，我們再去看醫生好嗎？」

「好。」我繫上安全帶，「謝謝媽媽。」

「哎呀，客氣什麼啊。」媽媽笑了笑，然後摸了一下我的臉頰。

媽媽送我回家以後，她還得回去上班，我目送她離去後，再一次將家門反鎖，這樣子就能以防家人突然回來，而我卻沒注意到，導致日記被發現這樣的事情。

我跑回房間，心臟蹦蹦跳著。

將書包裡的筆記本依照封面的日期一個個擺好，深吸一口氣後，拿起了第一本。

9月1日

我是程沐詞，今天是我升上小學五年級的第一天，於是我決定開始寫日記。

但是說是寫日記，我應該也不會每天寫吧。

反正也沒有什麼事情好寫的～～～

12月8日

我今天數學又考一百分。

同學說我爸爸是數學老師，我的數學很好是理所當然的。

我覺得他們是白痴，我還不一樣要學。

跟笨蛋說話很累。
總感覺會有個人聽我說話、在我身旁。
有時候都會這樣覺得。
但跟班上同學說了以後，他們說應該是鬼。
我真的覺得跟笨蛋說話很累。

12月30日

爸爸說他想介紹一個阿姨讓我認識，我有點抗拒，只是還能說什麼呢？
反正爸爸還是要找一個伴才行呀，反正媽媽那邊也早就結婚了，這是我之前從爸爸手機裡偷看到的。
我覺得好寂寞。

1月3日

我不是很喜歡那個阿姨，因為她很兇。
我不知道欸，一般來說不是要討好我這個小孩才對嗎？
可是阿姨管東管西的，說我該坐姿端正、說我不可以嘴巴有東西的時候講話、說女孩子家不能動作太大看起來沒有氣質。
我真的很想回：「妳又不是我媽！」
不過那個瞬間，我忽然想起電視上那種小屁孩都會說這種話，我又不是小屁孩子，所以我忍下來了。
希望我跟阿姨能相處愉快。

8月25日

爸爸和阿姨結婚了，我現在要叫那個阿姨媽媽。
可是我不想耶。

9月4日

今天發生一件很震驚的事情！！超級！！震驚！！

9月5日

來補昨天震驚的事情！

首先，我聽到爸爸和阿姨在聊天，他們以為我睡覺了，其實我在偷看漫畫。

總之，我好像有個妹妹？？

妹妹？？

真的假的？？

更震驚的是！我是雙胞胎！

我忽然理解到為什麼自己一直以來會覺得寂寞。

理解到我為什麼會認為該有人陪在我身邊、聽我說話。

原來都是因為我是雙胞胎！

爸爸好像有給阿姨看我和妹妹的照片，阿姨說：「長得好像呀，簡直一模一樣。」

我搜尋過網路了，同卵雙胞胎會長得一模一樣。

也看到很多關於雙胞胎的都市傳說，像是心電感應、分開覺得寂寞、喜好相同之類的。

不知道我的妹妹，她會不會跟我有一樣的感覺，她也知道我們是雙胞胎嗎？

為什麼爸爸要瞞著我呢？

9月10日

我慶幸自己是跟著爸爸，因為男生比較沒有心機，不夠小心謹慎。

今天早上我假裝身體不舒服，請假在家～

阿姨感覺到我是裝病，但昨天晚餐才罵了我一頓，只因為我挑食，所以她今天大概不想再罵我了。

我很好奇，我對阿姨這些不滿的情緒，假如她是媽媽的話，我還會這樣嗎？

如果媽媽因為我挑食而罵我，我還會這麼不爽嗎？

有時候我搞不太懂，嚴格說起來阿姨對我也蠻好的，只是說看著她和爸爸說說笑笑的時候，我就覺得自己是多餘的存在一樣。

我是不是太多愁善感了？

啊啊～重點是，我一個人待在家！

法律好像規定未滿十二歲不可以一個人待在家，不過我現在六年級了！已經滿十二歲了！

總之我找到了爸媽的離婚協議書，上面清楚寫著爸爸帶走程沐詞，媽媽帶走程柚詩。

原來妹妹的名字叫做程柚詩，我們是詩詞姊妹嗎？好可愛呀。

程柚詩……她知道我的存在嗎？

她人在哪裡呢？我好想見見她呢。

P.S. 1

我才想到，爸爸的離婚協議書、離婚證書上面有寫媽媽的住址！

我猜媽媽現在應該還住在那裡，因為爸爸的地址已經是現在住的地方了。我很快的抄了下來，然後想起爸爸曾跟我說過學區的常識，並用電腦查詢那地址附近的小學，猜了幾所可能是程柚詩就讀的學校，最後找到了三間小學。

然後問題來了，我是要怎麼找呢？

P.S. 2

我睡到一半靈光一閃，趕快爬起來寫，怕明天睡醒就忘記了。
我真的覺得自己是天才耶！
看來我明天又要請假才行，才有辦法在家一整天搞定網路。

9月11日

OK我今天又請假了，但不是裝病，非常巧的是，我月經來了。
第一次月經，起床看到血嚇了一大跳。
叫爸爸就很尷尬，這種時候真的覺得好在有阿姨。
反正呢，阿姨用非常快的動作拿了衛生棉給我，問我知不知道怎麼使用，學校有教過，所以我知道。然後阿姨讓我去洗個澡，她會幫我整理床單和衣服，並且幫我請假。
我覺得阿姨好溫柔，其實仔細想想，她對我也不是很兇，一般的媽媽可能都會那樣要求小孩吧？我也不知道。

只是有時候，我還是會覺得，阿姨就是阿姨啊。

雖然我對媽媽沒什麼印象，也不記得她的長相，可是～～媽媽和阿姨還是不一樣吧？啊哉。

等我洗澡出來後，一切都乾淨溜溜，阿姨甚至還準備好早餐。

「妳今天就在家好好休息，有任何需要隨時打電話給我。」阿姨匆匆忙忙地交代著我，然後就出門上班了。

我看了一下時間，已經八點半，我記得她上班的時間就是八點半，是我害她遲到了。

不過，喝著桌上的熱湯，我覺得心裡暖暖的。

但！可不能忘記今天的重點，我要開始網路生活！

我點開了程柚詩最有可能唸的三所小學網站，然後又點開了三所小學的臉書，接著……哎呀，我是笨蛋嗎！

我直接去搜尋程柚詩不就好啦!?馬上去！

09:30

先說結論，程柚詩可能還沒有手機，所以沒有辦個人帳號，可是我們這年紀的小孩不可能沒有辦社群網站吧？

最有可能的就是，她不是用本名，那這樣就難找了。

我還是只能回到土法煉鋼，去找學校的花絮照片了。

不寫了，先去找。

14:00

我又來了，「網路真是偷時間的賊」，這句話是我在網路上看到的。

我肚子超級餓，剛剛吃了泡麵，然後ABC三所學校的校園花絮照片都沒看到和我一樣的臉。

難道程柚詩不在這三所小學嗎？難不成我的媽媽有什麼名校迷思，讓程柚詩去唸其他小學嗎？不會吧～～～

不過好家在的是，我還有秘密武器！

就是……留言！

「請問有人認識六年級的程柚詩嗎？可以的話請轉告她，我在找她。」我大概是這樣留言，希望有人回我。

好了，希望明天有好消息。

9月12日

沒有好消息，又氣又沮喪～

9月28日

我今天才發現信箱裡面有個陌生訊息！

原來為了保護未成年，還有這種機制。

程柚詩的班上同學來敲我，他問我是誰，程柚詩說不認識我。

我回傳了一張自己的照片，對方還說：「柚子妳在鬧喔？」

原來程柚詩的外號叫做柚子嗎？她的外號也太可愛了吧，不像我的外號有時候會被叫做牧師，有夠難聽！

反正呢，那個同學最後好像覺得我真的不是柚子，他說明天會告訴柚子這件事情。

我就等待吧！

10月2日

柚子申請了帳號來加我好友，但是她說能用電腦的時間不多，也沒有手機可以偷用。

忽然覺得，嗯，跟著爸爸好像不錯，媽媽管好嚴格！

我和柚子在線上快速地相認了一下，我把前因後果告訴她，並且還傳了好幾張照片給她，其中也包含了跟阿姨和爸爸的合照。

柚子她說：「我沒有辦法傳合照。」

沒辦法，她沒有自己的電腦也沒有手機啊！

然後她說她等等八點就要關機，有夠可憐。

她關機前我還教她怎麼登出帳號，並且不記錄密碼。不然要是媽媽用了電腦，看到我們兩個姊妹私下聯絡，那就完蛋了~

P.S.阿姨今天燉了雞湯給我喝，我覺得很好喝。

3月22日

我快要小學畢業了。

所以我決定給自己一個大禮物，就是搭捷運到柚子那裡。

我看過Google Map，我們的捷運站距離不遠，而且我有學生票卡，加上假日我能夠和朋友自己出去玩，所以由我去找柚子比較方便。柚子說，她和我約在圖書館，這樣子說要出去媽媽比較不會有意見。媽媽是不是太嚴格了啊！

反正呢，我出發前往圖書館，來到和柚子約好的兒童書籍樓層。

我原本不緊張的，可是隨著走近約定的地點，我的心跳越是加快。

好奇怪呀，怎麼會突然緊張到發抖。

往裡面走，有一大片的挑高落地窗，可以清楚看見外面的景象，陽光從窗外灑了進來，地板像是全長滿了金色草一樣。

在那美麗金黃之中，一個穿著紅色洋裝的女孩就站在那。

她就是金黃中的一朵紅花，吸引我的目光。

我無法形容當下看到柚子的感覺，就是那種「哇！」像是有煙火在腦中爆炸一樣。

超級不可思議，一個和我長得一模一樣、髮型一模一樣、身高也一模一樣的女生！

簡直就像是照鏡子似的！

我先是舉起手與她打招呼，還不忘要露出笑容，可是我發現她居然哭了，我趕緊跑過去抱住她，被她這麼一搞，連我都哽咽了。

我們最後一邊笑一邊擦著對方的眼淚。

真是奇怪，明明我們十二年沒見過，甚至不知道對方的存在，照理來講應該超級不熟，是陌生人啊。

但我想，或許我們是雙胞胎的緣故，所以見到彼此就一見如故（最近學到的成語）！

我們聊了一整個下午，柚子帶了媽媽和叔叔的照片過來，她們一起到很多地方玩，看起來很幸福呢。

柚子說，媽媽從來不提爸爸的事情，也沒講過她是雙胞胎，而她也沒像我有這麼多心思，還會去偷翻大人的東西。

也就是說，如果我不告訴她，柚子「永遠」也不會知道我程沐詞的存在。我好想打爸媽的屁股，離婚就算了，到底為什麼要把我們姊妹分開？難道是因為他們覺得離婚就不要往來比較好嗎？

那，我們姊妹倆往來也沒關係吧。

「或許就是不想要我們往來，得知彼此的事情吧。」

柚子是這樣回答我的，她的意思大概是說，假設我和柚子連絡上了，勢必會知道彼此家裡的事情，那爸媽也就會知道，接著他們的另一半也會知道。

他們可能是認為，這樣對現在的伴侶也比較尊重吧。

不過！

那是他們的事情啊，我們是姊妹耶，還不是普通姊妹，是雙胞胎耶，他們可以不要聯絡，但讓我們聯絡啊！

「既然他們不告訴我們，那我們也不要跟他們講，扯平！」

這是我下的結論。

看到此處，我停了下來，眼中的淚水早已滿溢。
我抽了衛生紙擦乾，繼續往下看去。

11月2日

好久沒寫，首先我升上七年級了。
最棒的是，柚子終於有手機，而且也能和朋友出去玩了。
所以我現在和柚子見面以及聯絡方便很多。
回想之前我們大概一個禮拜只能聯絡個兩三次，而且都還是斷斷續續的回覆，有夠麻煩的。
不過現在我們終於可以隨時聯絡和見面。
所以明天，是我和柚子睽違許久的相見時光～耶～
我們要去看電影、要逛街、還約好了要買一樣的衣服！

11月14日

昨天真的超開心！回家太晚了就沒寫，今天來補！

超久沒見到柚子，沒想到我們還是長得一模一樣，當我們穿著同樣的衣服時，像到我轉頭看見她還以為是鏡子，有夠誇張。

柚子說升上七年級後，她覺得功課變得很難，很不習慣。

但是我覺得很簡單耶，柚子說尤其數學，她很不行，可是我數學超強的。所以再次印證我小學時的想法，不是因為爸爸是數學老師所以我數學好！是因為爸爸花很多時間教我，我也很認真學習，才能有好成績！不然雙胞胎的柚子怎麼會成績跟我差這麼多！哈哈哈！

我們這一次聊很多，免不了講到爸爸媽媽的事情。

我看著媽媽的照片，覺得很神奇，明明是我的媽媽，卻不記得她的長相，也沒有和她相處的記憶，可是就是有種，想要多了解她的感覺。

柚子說，她也有一樣的感覺。

我們就只能各自待在自己的家中～要是能和媽媽吃一次飯該有多好？

啊～阿姨叫我吃飯了，等等再寫。

7：30

肥來！

就跟阿姨說我不喜歡吃青椒，但是她很故意把青椒用各種方式料理給我，說什麼要找到我可以接受的青椒料理。

吼，討厭！

柚子說，她的繼父（應該也算是我的繼父？）很疼她，總是把她寵上天，她想要什麼、想吃什麼，繼父都會滿足她，不過媽媽會阻止。

這麼想想，可能不是阿姨和媽媽的差別，而是女人都是一樣的吧？

因為爸爸也會在旁邊說：「好了啦，她不想吃青椒就算了啊。」

然後阿姨就會說：「小孩子不可以挑食！」

我才不是小孩子，我胸部已經有B罩杯了！

回到柚子的事情，柚子說她也很想見爸爸，意外的是，她說她有印象小時候爸爸抱著我喊我寶貝，然後又抱起在地上的她，也喊她寶貝。

我真的雞皮疙瘩，因為我也記得！

看樣子，雙胞胎真的很不可思議。

柚子問我說，爸爸和阿姨是怎麼結婚的，我說就很簡單啊，爸爸問我可不可以娶阿姨，我很酷的聳肩，然後他們也沒有宴客，就簡單公證完婚。

柚子說繼父則是和她約會，吃了很高級的牛排料理，然後問可不可以娶她媽媽之類的，講得超級鉅細靡遺，彷彿我也在現場一樣。

不過～啊啊，我也想吃牛排啊！

我超喜歡牛排的！

決定了，我要去跟阿姨說我要吃牛排！

9:00

開心，阿姨說她明天會用牛排。

但是她條件是要我吃青椒？？？？

為了牛排，我忍！

1月1日

新年快樂～

柚子跟我說，她發現媽媽會偷看她日記。

還說幸好她本來就覺得可能會被偷看，所以並沒有寫什麼重要的事情，也沒有把我們的事情寫在日記裡，嚇死我，這大概是她最精明的時候了！

我馬上要她手機也要設密碼，不然我們的訊息被看到就完蛋了。

而且我們很小心，社群平台有時候會推薦「可能認識的朋友」，所以我們兩個人從不寫自己的本名，大頭照也放動漫的，甚至沒有加彼此好友。

如此面面俱到，就是怕被爸爸或是媽媽那邊發現，我們兩個姊妹已經連絡上了。

「沐詞，妳好厲害，如果是我就想不到這麼細節，一定很快就會被發現的。」

柚子還這麼稱讚我，哼哼～那當然～畢竟我是姊姊啊！

姊姊就是比較聰明。

2月9日

我原本想問柚子要不要來交換日記，平常把日記放在學校抽屜，見面的時候再交給我。

但想了想，這樣風險也很高，柚子這麼兩光，到時候一定會被發現。

所以！我跟柚子說，叫她把想記錄的事情，在學校寫成信，然後放學後投到郵筒寄給我，我會把信貼在筆記本裡，這樣子就是她的日記啦～我真的是太聰明了。

3月12日

柚子的信來了！以下！

沐詞：

妳真的好聰明，要是沒有妳的話，我就是一個沒有方向的浮萍一樣。我最近常常在想，要是我們兩個一起長大會怎麼樣？很神奇的是，在我的想像之中，只有我們兩個，父母是誰都沒關係，是我媽媽和繼父，還是妳爸爸和阿姨，或是我們的爸媽都可以。

我只想知道，我們兩個會度過多少開心的事情，又會做多少令人頭痛的事情，那一定十分有趣。

這大概就是我覺得最可惜的地方吧，沒能和妳一起生活。以後如果有機會，我們一定要一起住看看，好嗎？

另外，用寫信還是太害羞了，放在抽屜還是有被看到的風險，所以我們還是用手機來分享生活吧！

瞧！柚子真的好可愛，看得我都要哭了，嗚嗚。

我告訴她，沒問題的，大學！我們考同一間學校，然後一起住外面。到時候正大光明告訴爸媽，我們早在小學時就相認了，反正那時候我們都十八歲了，爸媽已經不能限制我們！

P.S.用手機也很好。

4月17日

我今天又去找柚子了，然後在看著她吃東西的時候，忽然有一個念頭。

其實主要是她說了一句話，「不知道爸爸和阿姨是怎樣的人。」

然後我也回，「我也不知道媽媽和繼父是怎樣的人。」

接著我們就討論到，假如當初是我被媽媽帶走，她被爸爸帶走，今天她的個性會變成我，而我的個性會變成她嗎？

我也很好奇，我會變成數學笨蛋嗎？會變成兩光粗線條嗎？

然後柚子變成聰明伶俐的我嗎？

忽然間，靈感就這麼出現了。

我跟柚子說，「我們真的長得一模一樣，小時候就算了，但現在我們幾乎也像是在照鏡子一樣。」

柚子也同意，所以我又說：「妳覺得，爸媽真的分得出我們兩個嗎？」柚子這麼回，「我覺得不可能耶。」
畢竟我們連髮型都不約而同的一樣。
所以我賊笑，「我啊，有一個想法。希望妳能答應，我覺得這樣很酷！」
柚子眼睛發光，即使我沒說，她就會答應了。
「我們，要不要交換身分試看看？」
然後柚子倒抽一口氣，她對這個想法感到非常非常驚喜，但她沒有自信可以扮演好我。
所以我們要進行特訓，首先要搞清楚對方的學校同學、家裡生活習慣、擺設位置等等。
我超級期待的，現在要去寫注意事項給柚子，柚子則會把她的注意事項寄信給我。

10月7日

我也太久沒寫了吧！

首先我們特訓很成功，這段日子柚子把我的朋友都背熟了，我當然也是。同時家裡的位置、狀況、習慣等，我們兩個也都搞清楚了。

原本上上禮拜就要進行第一次的交換，可是柚子和媽媽跟繼父去吃牛排後腸胃炎，她說她再也不要吃牛排了。

可惜，牛排超好吃的說。

總之！明天就是我們要第一次交換了，交換的時間是三天，比起緊張，我興奮更多！

我們約在捷運站，要在廁所交換制服後各自回家。

我告訴柚子，等她來我們家的時候，也要記得寫我這本日記。

在我家～絕對不會有人偷看我的東西，只有我會偷看別人的東西。

哈哈哈！

我講的是真的，我曾經學漫畫把紙片夾在門裡，或是把筆芯插在門旁邊的合葉上，只要關上門插進去，開門就會斷掉。

不過紙片和筆芯從來都沒有掉下或是斷掉，我想爸爸和阿姨都不會細心到這種地步，所以我的房間很安全，不會有人進來，日記也就不會被偷看！

10月8日

嗨，沐詞，我是柚子。

我覺得好緊張喔，我寫的字應該都在抖吧。

妳跟我說，我可以看妳前面的日記，但我想還是不要好了，這樣比較尊重妳。

不過說歸說，我還是打開妳的日記並且記錄下我在這邊的生活。在家裡媽媽會偷看我的日記，在妳這裡寫我就放心多了。

我今天一見到爸爸就哭了，他還以為我在學校發生什麼事情，其實我只是太想他。

我以為都沒有聯絡，我就不會有所謂的「想念」，但是一見到爸爸，不知道為什麼那些沉澱的心情全部湧上，在我記憶中那模糊的臉，瞬間變得清晰無比。不知道妳見到媽媽會不會也有一樣的感覺？

另外，阿姨做的晚餐很好吃，妳討厭青椒，我卻很喜歡。所以今天阿姨弄了沙茶青椒炒花枝，我忍不住吃了。

「好好吃。」

然後我也忍不住這麼說了，結果阿姨哭了耶。

沐詞，妳平常是對阿姨很壞嗎？

我覺得阿姨跟我的繼父一樣，人都很好呀。

不過，阿姨比較會管東管西倒是真的哈哈，但跟媽媽相比……簡直是天使啦～

10月9日

沐詞妳好，今天又是柚子我喔，哈哈。

阿姨今天問我明天要不要去升旗。

我答應了，我沒有去過，印象中妳也沒有，所以這算是「妳」第一次和阿姨單獨出去對吧？

我會好好表現的，然後我也跟阿姨說了，明天下午和朋友有約。

所以明天我會準時到的～明天見！

爸爸現在要帶我們出去玩，我就先不寫了，期待妳和我分享我那邊的事情。

10月10日

早安沐詞。

今天超早起床，真的好累。

在升旗的時候莫名很感動，和阿姨一起看天空慢慢亮起，我也覺得很漂亮。

回家後我睡了一下，現在寫完要準備去跟妳會合了，我覺得我們下次可以嘗試交換學校了！

10月13日

回來看到前面柚子寫的三天日記，哇～沒想到柚子會和阿姨相處得這麼好，訝異！

而且柚子吃了青椒，那我以後怎麼辦！

算了，到時候再說。

至於那邊的生活，雖然已經口頭和柚子說過了，但在我日記裡也來記錄一下。

見到媽媽我沒有像柚子那樣哭了出來，可是內心依舊很激動，有種也想起了媽媽的感覺，最後晚上躺在柚子床上時，想著這邊的生活很有可能原本會是我的，不免覺得神奇，就不小心流了兩滴眼淚。

我們有一天出去看了電影，然後繼父和媽媽帶我去了麻辣鍋店，我好想吃牛肉，可是妳不能吃牛肉，所以我只能忍住！

但最後還是趁他們兩個不注意的時候偷吃了兩片，真的好好吃啊~

這三天連假就只有出去一天，都待在家，雖然有點無聊卻也是挺不錯的，我也趁機到附近閒晃，了解一下柚子家附近有什麼休閒娛樂，等之後有機會再交換，才能知道哪裡可以玩。

12月20日

沐詞好，我是柚子。

妳的成績真的太好了，讓我壓力好大。

妳之前說妳以後要唸青藍高中，我有去看它歷代繁星，呃……我高中還有辦法跟妳交換學校生活嗎？

我要唸的是綠山，希望到時候考試時間和妳不一樣，這樣就跟妳交換哈哈。

今天是我第一次和妳交換身分去上學，第一堂課老師就忽然抽考，對不起……我只考了十分。

老師說題目是九年級的，我們現在是八年級耶！你們學校都會這樣考一些根本沒教到的範圍嗎？

妳平常成績到底多好，老師居然還把我找去，問我是不是有什麼煩惱，怎麼會只考十分。

我只好騙說我生理痛，劇痛那種，之後要靠妳扳回一城了。

不過校園生活很有趣，平常只看過照片以及聽妳說過的同學，活生生地出現在我面前，真的好有趣。

啊……不知道妳會不會在我的學校表現得超好，這樣老師會不會懷疑我作弊哈哈。
總之，今天我很開心。
也很期待今天回去妳家的時候，阿姨會做什麼料理給我吃。
我偷偷告訴妳，阿姨做的菜比媽媽好吃多了，妳不覺得嗎？
秘密喔。

12月25日

聖誕節～
其實我也覺得阿姨做的飯比媽媽好吃，但～我吃媽媽做的飯吃的是一種親情，不太一樣。
另外我還真的在柚子的學校考了兩次一百分，老師還懷疑我作弊，結果馬上又讓我考一次還是一百。
柚子的那個老師不行啦，怎麼能懷疑學生作弊呢？

我下一次一定要好好整整他！

題外話，我真的蠻喜歡柚子的校園生活，雖然柚子班上的平均成績是我班上考最低分的同學的成績，但是他們是屬於可愛的笨蛋那種，都沒有心機地玩在一起。

我希望之後青藍高中的學生不要像我現在國中的一樣，心機粉重。

看到這裡後，我闔上了日記。

她們國中的故事就寫到這裡，我傳了一封訊息給群組的大家。

「我才剛看完到國中的部分，等一下會繼續看，你們別擔心。」

現在的時間是下午五點多，日記只剩下一本。

我應該能夠在媽媽和繼父下班前全部看完。

翻開了第一頁，有著我們兩個人的合照，各自穿著青藍高中的制服，以及綠山高中的制服。

我掉下眼淚，一眼就看出哪個人是自己。

我們的合照，從今天起，我們就是高中生了。

距離大學一起住的日子，倒數三年！

06

9月1日

開學典禮完畢後，我們立刻就約好見面了，然後拍下了這張照片，值得紀念的一天。

9月10日

OMG開學才幾天，我已經覺得班上有些同學令人受不了，不過還可以接受，畢竟大家才高中生啊，幼稚也是正常。

但是，柚子那邊卻不一樣，難道真的都是笨蛋比較好相處嗎？

柚子傳了她教室的照片給我，還特地圈起來在角落一個男生的側臉。

「他好帥。」

然後她這樣說。

可惜圖片實在太小了，我根本看不出來，要她拍清楚一點，但是柚子說她會害羞，都開學十天了還沒跟他說話，還說什麼班上的同學都很好，她想和其中一個看起來很漂亮又很酷的女生當朋友。

我跟她說心動不如馬上行動，她推說自己害羞不敢。

不知道害羞什麼～

9月11日

柚子傳給我那個男生的照片了。

但不是她拍的，是那男生的社群帳號，叫做徐允澤。

嗯～是還蠻帥的，鼻子很挺，髮質看起來也很好，頭髮也多。喔，皮膚也不錯，重點是沒有太多白痴的自拍照，也沒有用濾鏡修圖，就是那種很自然寫實的帥哥。

哎呀，真羨慕柚子，和這樣的帥哥同班，簡直屌打我們全班男生。

爸爸說我不能講屌打兩個字，很難聽，阿姨也說女孩子家要有氣質一點。這句話真的從小學聽到現在，我到底是多沒氣質呢？

9月13日

我今天數學考一百分，老師和同學都驚呆了。

有一個長得還可以的男生跑來問我某一題怎麼算，我教了他，他睜大眼睛豁然開朗然後跟我道謝的模樣還挺可愛的。

雖然不比柚子的徐允澤帥氣，可是人有禮貌又謙虛，我給他八十分。

9月18日

柚子真的是～都沒有成長呢！
怎麼越大越害羞？
我已經跟班上同學都混熟了，連他們家裡幾個人寵物叫什麼名字我都知道，柚子說她在班上還是一個人，傻眼。
阿姨今天問我有沒有什麼想要的禮物，要慶祝我高中考上青藍。
我說阿姨，這會不會有點太遲了？
不過感覺阿姨好像是很努力才說出這句話，我忽然想到一個詞，說是刀子口豆腐心太老派，這應該是叫做傲嬌對吧！
所以我跟阿姨說，只要以後沒有青椒就好。
結果阿姨不同意，好壞。

9月21日

柚子今天跟我說，她很羨慕我和班上同學已經混熟了。

「我們班只有一個叫做劉佑睿的人會跟我說話。」她不只一次這麼提到這個人的名字。

「他喜歡妳吧？」我也總是這樣回答，但是柚子覺得我在開玩笑。

「沐詞呀，我們能不能交換一下？我想感受一下和班上同學打成一片的感覺，來增加我的信心。」

難得是柚子提出邀請，我當然同意，不過我也先警告她，青藍的考試可不是開玩笑。

「不過偶而考差個一兩次沒關係啦，所以妳也不要太有壓力。」

「要不是妳是我姊姊，我一定會覺得妳很欠揍！」

我大笑起來，要是柚子在他們班面前也可以像在我面前一樣的話，那她一定可以交到很多朋友的。

對了！我來幫她不就好了？

所以我靈機一動，決定要讓柚子的生活變得多采多姿。

9月23日

根據柚子給我的資料，我這邊先來記錄幾件事情。

首先交換的時間是一個禮拜，從十月一日開始。

柚子很渴望交好的女生朋友叫做許晏寧，長得很漂亮，為人親切風趣，有和柚子說過幾句話，充其量只是同班同學的關係。

再來劉佑睿是個高大又健壯的男生，照片看起來就是標準的陽光運動男孩，我還是認為他喜歡柚子，但是柚子說不可能，雖然劉佑睿人很好，她比較喜歡徐允澤的外型。

徐允澤，柚子依舊和他沒有任何交集，像個小迷妹一樣在角落偷看他然後覺得他很帥，每天都會跟我分享徐允澤又做了什麼帥事情。

就我看來，徐允澤只是很一般的生活著，純粹是柚子自帶濾鏡，才會覺得他做什麼事情都帥。

馮品正是班上的開心果，跟每個小圈圈都很要好，她想成為這樣的人，跟每個人都能聊天，簡單來講就是好人緣啦。

另外成績最好的是宋薇婷，和我相比應該是還好。接著她喜歡蘇小乖的妝容和身上的配件，希望自己的時尚感可以變得跟她一樣。

沒想到我的妹妹是個這麼貪心的人呀～

不過也好，有野心才會有進步呀，只和柚子交換一個禮拜，不知道我能為她做到什麼程度，至少希望先扭轉她總是獨來獨往的印象吧！

我這邊也跟她說了每個同學的個性和名字，高中不比國中，希望柚子別露餡了，不過即便被發現了，也不會怎樣～對我來說啦。

我最近有種想告訴爸爸的衝動，想說我知道自己是雙胞胎，看看爸爸什麼反應。

我希望我和柚子能在爸媽的正式介紹下重新認識，爸媽和繼父阿姨都是大人了，不該這樣子為難我們兩個孩子吧～

總之，等這一次交換了以後，我就要跟柚子提議，跟爸媽坦白。要是她不敢講的話，那可以我先跟爸爸講，然後和她交換身分後自己跟媽媽講。

就算媽媽想罵柚子，當對象是程沐詞的時候，她就不會罵了吧。

好，就這樣決定了。

9月29日

終於就要到交換的時間了。

這是我們升上高中後第一次交換身分，說實在我非常期待，畢竟能穿其他高中的制服、到其他學校上課，這真的很不一樣。

同時我也很好奇，到底~我們班的同學會不會發現柚子和我是不同人呢？或是柚子班上的人會不會發現我不是柚子呢？

嗯，如果真如柚子所說，她是一個邊緣人的話，那應該是不會被發現，所以不需要擔心。

我唯一要努力的，就是讓柚子一個禮拜回來後，朋友多多！

好啦～期待柚子在青藍過的生活，別忘了一樣要寫在日記上喔！

明天見啦～柚子！

9月30日

嗨，沐詞，好久沒在妳的日記寫字了。

自從有了手機聯絡後，好像連紙本紀錄都變少了。沒想到妳還是斷斷續續地持續寫著，讓我非常佩服呢。

還有～讓妳覺得我膽小真是抱歉了～齁！

沒想到妳立志要幫我搞好校園生活，我一方面除了感動，一方面也覺得自己好沒用。

我決定了，回去以後一定會勇敢起來！

同時，我也非常期待青藍高中的生活，妳知道我們學校對青藍高中有很多幻想嗎？像是大家每天早自習都在唸書，隨便開口都是詩詞，每個人都會微積分之類的，有時候我也很想跟他們說，我有一個姊姊就在青藍啦！

不過，我連和班上同學暢所欲言都還不敢呢。

所以，沐詞呀，我同意妳之前說的那些話，跟爸媽說我們早就相認了這件事情。

其實……有時候我覺得，爸爸媽媽並不是不想念我們另一個人，他們都很想念，卻不好意思向對方開口想見另一個女兒，時間拖得越長，就越難開口。

我想，由我們來開口，似乎是最好的選擇。

等這一個禮拜過去，我們就跟爸媽坦承，妳覺得怎麼樣呢？

我已經開始期待了！

這就是日記的最後，我早已哭得不能自己。即便沒有見到這些日記，我也早有預感，我不是程柚詩，而是程沐詞。

在程柚詩與我交換身分的這一個禮拜，她卻遇上了死亡車禍，明明是程柚詩，卻用程沐詞的身分死去。

我根本……根本不可能在那個情況下，承認自己並不是程柚詩。

在閱讀日記的過程之中，我的記憶也一點一滴的恢復過來。

我現在能清楚的記得，在和柚子交換過後，第一天去上學的情景。

——

穿著綠山高中制服的我，在鏡子中不斷端詳，反射出來的自己雖然和柚子一模一樣，但是我還是能察覺到不同之處。

眼神、動作、微笑的角度等，很多神韻我們已經不太一樣了，我想隨著年紀，我們應該會越差越多，到時候或許就再也沒辦法交換彼此生活了。

但，沒有關係，我想柚子應該會看見我日記寫的那些話，我想她也會同意我們坦白告訴爸媽的。

「柚子，這是我穿上妳制服的模樣～我現在要出門囉。」

我傳了訊息給柚子，還不忘拍上自己的照片。

柚子也很快地回傳她穿著青藍高中的制服照片，然後說：「為什麼我穿上妳的制服，看起來還是不太聰明呢？而妳穿我的制服反而像是高材生一樣。」

我看了大笑出聲，提醒她別忘了要保持自信的笑容和表情，這樣看起來才會很厲害。

「想像妳就是全世界最厲害、最美的，這樣就行了！」

「我沒辦法啦哈哈。」

我笑著離開房間，媽媽和繼父正坐在餐桌，這是我來柚子這最喜歡的一件事情，就是他們三個都會一起吃早餐。在我們家，因為阿姨八點半就要到公司，加上她的公司距離比較遠，所以她都會第一個出門，再來就是要去學校的爸爸，最後是我。

我們三個幾乎都是分開吃早餐的，所以在柚子家能共一同享用媽媽準備的早餐，對我來說是非常新鮮的。

「開學一個多月了，有什麼特別的事情發生嗎？」媽媽問。

「沒什麼，但我想今天開始就會有什麼了。」

「喔？今天回答的不一樣喔。」繼父笑著說。

「當然，我可是充滿幹勁！」我說著，夾起了荷包蛋大口吃起。

我滿懷期待背著書包，一面確認Google Map來到綠山高中，看著眼前偌大的建築物，我興奮極了，踏入了校門裡。

我根據柚子的指示，來到了她的教室，裡頭的人正熱烈聊天並且大笑著，我看了一眼，在中心最大聲的是馮品正，而徐允澤正在自己的位置上睡覺，許晏寧則是戴著耳機邊吃早餐邊用手機。

「早安。」有人主動跟我問好，我回過頭，見到一個皮膚黝黑的男孩，他帶著有些靦腆的笑容。

啊，劉佑睿。本人比照片帥多了，而且很明顯呀，那模樣一看就挺喜歡柚子的，柚子怎麼不選他啊。

「嗨，早安～」我對他揮手，劉佑睿似乎一愣。「怎麼了？」

「喔，沒什麼啦。」他有些遲疑地笑了笑，「妳今天好像不太一樣？」

哇勒，劉佑睿是這麼敏感的人呀，看樣子比想像中還要不遲鈍喔。

「嘿嘿。再來幾天會更不一樣喔！」我如此說，劉佑睿不太了解，不過沒關係，等一個禮拜後柚子回來他就會知道了，我也會大力推薦柚子考慮一下劉佑睿的。

我踏著輕快的腳步進去教室，很順地走到了柚子的座位，放下書包以後朝馮品正那群人的方向走去。

「早安，你們在聊什麼？」

他們每個人對於我的突然靠近似乎有些驚訝，但馮品正馬上說：「在講昨天的實況綜藝節目，開店的那個啊，爬梯子結果跌倒，妳知道嗎？」

「喔！我有看，上一秒指使別人，下一秒馬上跌倒，然後還哇哇叫對吧。」我邊說邊模仿，這舉動令所有人大笑起來。

「好像！沒想到程柚詩這麼會模仿！」

「很有趣耶！」

OK，看來評價不錯，而且同學們也知道程柚詩的名字，這樣很好。

「大家叫我柚子就好了，我家人都是這麼叫我的喔。」趁這個機會我如此介紹。

「好可愛的外號，那妳有姊姊叫做橘子嗎？」馮品正說完哈哈大笑，

「我姊姊叫做傻子啦～」我也跟著附和，讓大家笑得更開心了。

自嘲，永遠是最好的方法！

第一堂課開始，臨時抽考，不小心我又考了一百分，但這個老師就沒有問是不是作弊了，反倒是很訝異他偷插入高二的題目我卻會寫。

我靈機一動，決定自告奮勇說，我能夠教大家如何簡單解出這一題。

老師似乎有些猶豫，最後還是要讓我有表現的機會，當我站上台後，非常刻意地看了一眼徐允澤還有許晏寧的方向，然後站直身體：「數學其實不可怕，它有答案、能理解，你只要找到規則，就能找到通往真理的道路。」我一邊說著，一邊解開了這則題目，台下的人嘖嘖稱奇，就連老師也很詫異。

「妳的說法還真是淺寫易懂呢。」老師稱讚，台下的同學也對我另眼相看。

我十分滿意，回到座位後偷用手機告訴柚子，「抱歉喔！我不小心太出風頭了，所以妳回來也要好好繼續出風頭，知道嗎？」

柚子沒有已讀，也是，青藍很嚴格的，上課手機是要放在教室後面的置物櫃。

下課後，宋薇婷跑來我位置邊，十分好奇我怎麼會解那道題目，想問我是否已經唸到高二的課程。

「如果這題妳也會的話，我想問妳怎麼解？」宋薇婷的問題讓我睜亮眼睛，立刻不藏私地教她訣竅。

「妳現在就唸到高二課程，妳好努力耶。」

「妳不也是嗎？」她有些不好意思地說，似乎以為我在自肥。

「不一樣喔！我爸爸是數學老師，所以我比較有優勢一點點啦，一有問題就會馬上問他。」反正班上的同學沒人知道柚子家的狀況，所以我就如此說，想當然耳，這讓宋薇婷更加喜歡我。

上課前，我看了一下手機，柚子還沒已讀，真是奇怪。

第二堂課是美術課，主題是設計與化妝。老師發了一張印有人形的圖案，要我們畫上衣服和妝容，我拿出準備好的色鉛筆，對於美術我不拿手，但設計我還行。

我很快畫好了設計的衣服，卻不知道該上什麼顏色。我忽然想起柚子說過的蘇小乖，注意到蘇小乖的位置離我不遠。美術課老師也允許學生走來走去的，我立刻拿著畫來到蘇小乖的身邊，她的藝術美感真好，沒打底就直接上色，而且她使用的是水彩，真是令我驚艷。

「妳好強啊！蘇小乖！」我忍不住發出讚嘆，她嚇了一跳。

「喔……謝謝妳。」蘇小乖顯得有些尷尬。

「我是說真的，妳有顏色的美感耶，妳看我，我只能畫出輪廓，無法決定顏色。」我把我的畫作交給她看，而蘇小乖眼睛一亮。

「這是妳設計的？」

「嗯！我只會這樣畫。」

「這個設計是SEA春夏最新服裝，妳是知道才這樣畫嗎？」

「喔，我不知道耶。」我說謊，我當然知道。柚子說過蘇小乖身上的配件時常有同一個圖案，我去查了那個標誌，發現是臺灣的一個新興品牌，叫做SEA，也注意到他們最新推出的服裝款式造成缺貨。美術老師上禮拜就有說今天要做人物服裝設計，要大家帶工具，這些柚子都有跟我說，這一切都是我計畫好的。

「也是，衣服還是有很多地方不一樣，而且還有很多小巧思。妳設計得真好看。」

「妳的口紅顏色也很好看，是MAC新款吧。」

「妳居然知道！」蘇小乖十分驚訝，這一點我就沒有作弊了，我真的知道這個顏色，因為阿姨也有買。

「看不出來柚子妳是個這麼追求流行的人。」她如此誇獎我，我也樂於接受，反正只要先變成了朋友，之後就算柚子真的不懂時尚，那也不會影響。

於是蘇小乖給了顏色上的建議，我也畫出美麗的圖。

就這樣，下課我又報告了這件事情，卻還是沒收到柚子的回覆，甚至之前的訊息都沒有已讀。

真是奇怪，難道手機忘記帶出門嗎？

會不會在房間拍照完以後就忘了拿？有這麼兩光嗎？

一直到中午的時候，都沒有柚子的消息，而中午則是我的另一個作戰時間，就是許晏寧。

柚子說，許晏寧似乎很喜歡吃合作社的咖哩麵包，這個麵包很難買得到。為了和許晏寧搭上線，我在下課前十分鐘跟老師說自己肚子超級痛，不馬上去廁所會死。

結果當然是先偷跑去合作社，沒想到也有幾個學生在那裡了，大家心照不宣地彼此點頭，看樣子都是為了麵包蹺課的同學呀。

我順利地買到了兩個，在下課的時候回到教室，故意大動作吃起咖哩麵包，那香味引來許晏寧注意，她張大眼睛，不可思議地看著我。

不過我可不會主動搭話，繼續安靜地吃著，就這樣在她羨慕的眼光下吃完了第一個麵包。

「哎呀，買了兩個，結果吃一個就飽，好浪費。」我假裝自言自語，看起來可能有點假，但這不是重點，重點是讓許晏寧過來跟我說話。

「請問！」果不其然，許晏寧主動過來，「妳如果吃不下的話，我跟妳買好嗎？」

「啊，不用啦，給妳吃就好～」當然要意思意思先這麼說。

「不行啦，這很難買，妳就算賣雙倍我都願意！」許晏寧邊說邊掏錢，而我則笑出聲音。

「不用不用，真的送妳就好，不過我有條件。」

「什麼條件？」

「等等下午體育課要練習羽球對吧？我們一組好嗎？」

許晏寧似乎很訝異我會提出這樣的要求，她二話不說：「當然沒問題呀，太簡單了吧。」

只要能先和一個人有所交集，那後續的發展就會輕鬆很多。

今天我的進展已經夠多了，剩下最重要的徐允澤，就先緩緩吧。

畢竟我還是希望柚子能考慮看看劉佑睿，就不幫她跟徐允澤拉近關係了。

然而當天回家以後，柚子依然毫無消息。我等到晚餐結束，她還是沒有任何聯絡，甚至沒有已讀，這讓我開始有些不安。

我不可能打電話回家，因為爸爸和阿姨一定能認出我的聲音，柚子又不可能主動接家裡電話，這是怎麼回事……。

我懷抱著不安的心情度過了一夜，睡得並不安穩。

隔天起來第一件事情就是看手機，依舊沒有回應。我猶豫了許久，決定打電話給柚子，電話卻是關機狀態。

這一切都太奇怪了。

我實在太過擔心，導致早餐時媽媽和繼父在聊些什麼我都沒有注意到。就在我們收拾好碗盤，準備一起出門的時候，媽媽的手機卻響了，她皺起眉頭，看著螢幕好一會兒。

「怎麼不接？」繼父一邊穿鞋一邊問。

「不知道他打來做什麼。」媽媽把螢幕給繼父看，但是我看不到。

「誰？」我問。

「妳不需要知道。」媽媽這種態度還是第一次見，我下意識回答，「爸爸嗎？」

這讓繼父和媽媽都愣住，我趕緊改口說，「就是那個親生爸爸。」

「妳怎麼會猜是他？」媽媽問。

「不然還有誰會讓妳這樣說？」

媽媽似乎覺得我很奇怪，手機依舊響個不停。

「妳就接吧。」

「不要，這麼多年沒聯絡，幹麼打來？」媽媽按下掛斷。

「啊。」我忍不住喊了聲。

「就是這麼多年沒聯絡，卻還是打電話來，可能是很重要的事情。」

繼父倒是很豁達。

就在這時候，電話又響起了。

媽媽猶豫了一下後，還是接起了電話，但是她往客廳走去。

我和繼父對看一眼，繼父似乎想要給媽媽一點空間，朝我一笑後說：

「那我就先出門了。」

「好……」

「你在哭什麼？你說清楚一點，我聽不懂……」媽媽的聲音從客廳傳來，我和繼父再次對眼，這一次他脫下鞋子，和我一起往客廳走去。

只見媽媽的臉色慘白，真的是刷白的那一種，她的手顫抖到手機都拿不好，甚至腳都站不穩，差點往後倒，是繼父立刻衝過去扶住她。

我的書包掉到地上，爸爸的電話、爸爸的哭聲、媽媽的反應、柚子的消失……這一切似乎都在預告我即將聽見的噩耗。

媽媽崩潰地大哭，她轉過頭看著我，久久不發一語。

青藍高中校門口發生酒駕追撞，一台高速行駛的外國進口車從對向車道衝破安全島，直接波及到對面行駛的公車，司機為了閃避卻意外撞上正在一旁走路的程姓女高中生，女學生當場重傷不治，到院前已無呼吸心跳。

經員警調查，進口轎車的車主為二十三歲的葉姓富少，他與朋友從凌晨狂歡至天亮，酒測值高達二點一毫克，他聲稱是閃避路上衝出的野貓，才會越過安全島。但到了警局卻呼呼大睡。

公車左前輪處被撞凹大洞，車上的乘客均受到輕中傷，這起意外唯獨即將進校門的程姓女高中生無辜受害，令人不勝唏噓。

我無法相信新聞上所說的那個女孩，就是我的妹妹程柚詩。她以我的身分死去。

媽媽在接到噩耗後哭著告訴我，我其實是雙胞胎，而我的姊姊昨天上學時發生了車禍，已經死亡。

我當下除了自己的心跳以外，什麼都聽不見。

程柚詩死了？死了？

在和我交換身分的時候？在假扮程沐詞去上學的時候？

她甚至……甚至都還沒踏入青藍高中！

我的心簡直要碎了，為什麼我會沒有感覺到柚子發生的事情？

雙胞胎不是有心電感應嗎？不是她受傷的時候我也會痛嗎？

在她離世前最後看見的景象是什麼？她會有多害怕？她一個人孤孤單單的死去，她的人生甚至都還沒有開始。

「啊……啊啊啊……」我大叫，瘋狂尖叫，眼淚不斷淌流，這讓繼父嚇得立刻抓住我，但是我的力氣太大，亂踢亂揮的，連媽媽都必須壓住我的腳。

她甚至……甚至都沒辦法用自己的名字離開……。

我們隔天來到程沐詞的家中，我瞧見警衛鄭伯伯見到我時的驚愕。但是我沒有任何力氣，除了眼淚不斷滑落以外，什麼反應都沒辦法做。

我跟著媽媽和繼父搭上熟悉的電梯，來到我的家，但是開門的爸爸卻是我從未見過的脆弱與狼狽。他彷彿一夜白髮，臉上也多了很多皺紋，過度傷心導致衰老原來是真的。

「啊……」爸爸一見到我，立刻哭著抱緊我，「啊……我的寶貝啊……」

我也掉下眼淚，用力回抱緊爸爸，而媽媽在一旁掩面痛哭，繼父則輕拍著媽媽的背。

進到了屋子裡，阿姨一臉慘白地將香遞給我們，她氣色差到我幾乎認不出是那個總是光鮮亮麗的漂亮女人。

她轉身，站到了爸爸的身邊，然後將香交給他。

我的照片，就放在客廳的櫃子上。

「沐詞啊……對不起、對不起……爸爸應該早點告訴妳的，我們一直想……妳們都還小……都還只是孩子，所以還不需要說……怎麼一轉眼妳們就十六歲了……妳明明還是爸爸懷中的寶貝，怎麼一夕之間就長這麼大……」爸爸的聲音沙啞，哭聲不斷。

「這是妳的雙胞胎妹妹，程柚詩，我應該早點讓妳們見面……沐詞啊……我的寶貝啊……」

全家陷入一片愁雲慘澹，可我只看著照片上的自己。

死的是程柚詩，不是程沐詞。

程柚詩用程沐詞的身分死去，程沐詞用程柚詩的身分活著。

就連祭拜的照片，都不是程柚詩，那程柚詩到哪去了？

「我……我……」我顫抖著開口，想要告訴他們真正的程沐詞在這。

可是……我看向一旁哭得傷心的媽媽，又看向另一旁近乎崩潰的爸爸。

我該怎麼做？該怎麼辦？

為什麼、為什麼死的不是我？

柚子是代替我死去的，不是她的話，那天、那個時間點，會是我在那裡的！

我搶走了柚子的人生，我奪走了她的未來，她本來會有無可限量的將

07

於是，奪走了柚子的人生的我，必須以柚子的身分活下去。

因此我必須滿足柚子的遺願，度過她本來可以過上的人生，更甚至將她的人生過得更完美、更美好。

但，我也是花了將近一個月後，才能夠在他人面前微笑，說話。

離開我家的時候，我從頭到尾不發一語，只會不斷哭泣，有幾次甚至哭到必須送急診打鎮定劑，這讓媽媽十分不解。

她能理解我失去姊妹的痛苦，卻無法理解明明不知道程沐詞存在的我，怎麼會悲慟到這種程度。

事已至此，我不可能說出實情的。要是爸爸知道死的是另一個女兒而不是我，他會做何感想？無論他是開心還是慶幸，那都不是適當的反應。那媽媽呢？忽然明白死的是她養大的女兒，她要怎麼理解明明就在身邊的女兒是另一個？他們會沒辦法接受的，我也不想要他們的內心揚起任何……更多的情緒。

所以我想這樣的決定是最好的，讓一切秘密就停在我這裡。

整理好自己的情緒，我再次穿上了綠山的制服，將程沐詞永遠埋藏在我的心中，以程柚詩的身分走出門。

「柚子！妳怎麼請假了一個月啊？」才剛走到校門外的便利商店，就看見許晏寧正買了御飯糰走出來，她見到我很驚喜，「我們問老師，老師都不說原因耶。」

顏秋惠，是柚子的班級導師，她是個溫柔又堅定的女性，她當然知道我們家發生的事情，也知道我倏然多出一個雙胞胎姊姊卻意外死亡，顏老師對此表示相當同情，也允諾媽媽不會告訴班上同學這件事情，是對我們的尊重。

我因此變成了「無理由」的休息一個月。

「嗯，我就是家裡有些事情，但不方便明說。」我笑著回應。

「那就好，我原本還擔心妳是不是生病了。」許晏寧鬆口氣，從她的書包拿出一顆糖果，「來，這給妳吃，打起精神。」

「謝謝妳。」我看著那顆紅色的愛心糖果，覺得一陣暖心。

我們兩個走往教室，許晏寧告訴我這段時間的學業進度，我聽得心不在焉。

「柚子，妳終於來了！早安啊。」一進到教室，蘇小乖便立刻來到我身邊，「在妳曠課這幾天，都沒人跟我討論彩妝，好無聊啊～」

「她不是曠課，是家裡有事情。」許晏寧幫我解釋著。

見到我久違地出現，每個人都紛紛過來慰問，而我一一回覆，不忘帶上搞笑的風格說話。

從現在開始，我不是我，而是程柚詩。

我要代替她活出精采的人生，這就是我活下去的使命。

況且，柚子還活在這裡，這個班級。

他們都不知道程沐詞的存在，只會知道柚子。

柚子活在他們每個人的心裡、嘴裡。

——

「妳還好嗎？」劉佑睿在體育課過來慰問我，讓我有些好奇。

「我看起來不好嗎？」

「因為妳坐在旁邊休息。」他一手拍著籃球，一邊問。

「我是因為肚子有點痛，所以休息。」我聳肩，「沒事的。」
「那就好。」
「欸，你還是覺得我怪怪的嗎？」
「有一點，所以才會這樣問。」劉佑睿瞇眼看著我。
「哪裡呢？具體來說。」
「說不上來。」
「嗯。」那就表示，我還不夠像程柚詩，但我也沒辦法了，從今以後，我的程柚詩，就是程柚詩了，「很快就不會怪怪的了，會覺得我奇怪的話，那應該就是你自己奇怪了。」
「我？」劉佑睿不明所以，「我才不奇怪呢。」
「我也不奇怪。」我從樓梯上站起來，拍拍屁股上的灰塵，「我覺得好多了，可以去打籃球了。」
「不要勉強。」

「不會，我不勉強。」我說，將頭髮綁起來，往許晏寧的方向跑去。

柚子想要的，除了和班上同學都交好、還有和許晏寧成為好朋友，以及成績優異外，還有什麼？

我看向在另一邊籃球場奔馳的徐允澤。

柚子喜歡他，覺得他很帥。

還有一個徐允澤。

於是下課後，徐允澤和馮品正在水龍頭那喝水，我則靠了過去一邊洗手，一邊看著他的側臉。

是真的很帥氣。

「徐允澤。」我開口喊他的名字，其實我們從來沒有說話過，所以他對於我喊他的時候有些疑惑，還皺了眉頭重複確認。

「妳叫我？」他說。

「嗯。」

一旁的馮品正笑嘻嘻地搭腔，「唉唷，怎麼回事呀柚子，怎麼會突然找我們班的小王子說話呢？」

「王子你個頭。」徐允澤翻了白眼。

「哈哈哈，你不知道其他班的女生怎麼叫你的嗎？」馮品正繼續調侃，而我則深吸一口氣。

「徐允澤，我喜歡你，跟我交往吧。」

「噗！」馮品正整個噴出口水，非常沒有水準。

徐允澤也是瞪大眼睛，完全不相信自己聽到的話。

「妳是玩什麼大冒險輸了嗎？」徐允澤這麼回。

「輸的話應該不是跟你告白吧？」馮品正還在旁邊搭腔。

「你不要一直吵。」徐允澤要他安靜。

「我沒有開玩笑，也沒有玩輸大冒險。我喜歡你，徐允澤，所以請跟我交往吧。」我又說了一次。

「我們又沒說過什麼話，妳喜歡我，很奇怪。」徐允澤皺眉，把寶特瓶蓋扭緊後，準備離開。

「有什麼好奇怪的？」我擋到了他的面前，「我沒和你說過話，不代表我沒有偷偷注意你，我一直覺得你很帥。」

「覺得我很帥，才喜歡我？」徐允澤似乎覺得我這樣很膚淺。

「唉唷，他的優點就是他的長相啦，個性喔，不行啦！三思啊，柚子。」馮品正還在一旁看好戲，也因為我們三個在這裡太久，引來了班上其他人的注意。

我不介意，也沒打算要離開。

雖然我這樣做很可能造成徐允澤的反感，但我總得要先熱切的追求，到時候真的不行，就果斷放棄；如果在我果斷放棄前，徐允澤有一絲絲覺得可惜的話，那就不是毫無機會。

「徐允澤，不然你給我三個月的時間，讓我追求你。」我比出三根手指頭，「如果三個月內，你對我非但沒有一絲好感，還反而增加了厭惡，那我就會乾脆放棄。」

「三個月……」徐允澤似乎有些傻眼。

「哇，沒想到柚子妳是屬於勇敢追愛類型的啊！沒問題，我支持妳！」馮品正對我比了讚。

「怎麼樣？徐允澤，你要接受挑戰嗎？」

「……隨便妳，那是妳的事情。」徐允澤無言地轉身，留下班上幾位同學的歡呼，還有女生朝我鼓掌呢。

「哇，柚子，我沒想到妳會這樣大膽告白，我要向妳學習了！」許晏寧十分興奮，跑來勾住我的肩膀。

「學習？妳有喜歡的人嗎？」我反問。

「沒有，只是以後如果有的話，我也要像妳這樣問他『給我三個月的時間』，有夠帥氣！」她說完還模仿我的動作。

「妳真的喜歡徐允澤喔！」沒想到連蘇小乖也跑來湊熱鬧。

「人家剛才都告白了，很明顯呀。」許晏寧又接著說。

「不是啦，因為我之前以為柚子喜歡的是劉佑睿啊。」蘇小乖嘟嘴轉向我，「妳之前和劉佑睿很常說話，而且他喜歡妳這件事情，大家都隱隱約約有感覺，所以我才以為……」

「那只是妳以為囉。」許晏寧倒是站在我這邊。

「嗯，我喜歡的是徐允澤。我一定會追到他，讓他成為我第一個男朋友的！」我握緊拳頭，對心裡的柚子這麼說。

「好耶！我支持妳！」許晏寧用力抱住我，「我真的對妳刮目相看，我就愛妳這樣直接的女生！」

看來我這項行動，讓許晏寧對我的好感大大提昇了。

回到教室以後，班上的人在討論我剛才的告白，一見到我進來，立刻對徐允澤說：「柚子進來了！」

「無聊！」徐允澤大聲說，但是大家只是更為起鬨。

雖然需要適度的催化，可是太過的話就會招來厭惡，所以我輕咳了一聲，站到講台上對著全班說：「請問大家，是真的希望我能夠追愛成功，還是只是想看戲呢？」

「當然希望追愛成功啦！」馮品正大聲鼓掌。

「那就請大家不要刻意地、過於調侃我和徐允澤，這樣子只會引來反效果，就請大家靜靜地守護好嗎？」我如此說著，使得所有人都十分詫異，尤其徐允澤，他幾乎是目瞪口呆看著我，「這樣到時候我如果被甩，也比較不會尷尬。」

我說出這句打了圓場，使得有些人笑了出來。

「知道了！各位，我們就靜靜看著吧，別再這麼大聲嚷嚷了！」馮品正立刻轉身對大家說。

「就你最大聲好嗎！」蘇小乖也如此回應，大家再次笑鬧起。

徐允澤低下頭，我不知道他的想法是什麼，至少不會再有人這樣調侃他了。

劉佑睿則走出了教室，我看了他一眼，雖然覺得有點可憐，但我必須追求徐允澤。

往後的日子，我一邊和柚子想要交好的人當朋友，一邊維持著好成績。

媽媽和繼父很高興我的生活步上了正軌，也很開心我的成績有大幅度的進步。

然則夜深人靜時，我還是會想起爸爸，他會有多難過？

於是我問了媽媽，能不能和爸爸見面，吃個飯。

媽媽似乎很驚訝我會這麼問，她沉默很久，直到繼父握住了她的手，媽媽才點頭。

我知道，這是她最大的讓步了。

至於爸爸和媽媽為什麼會離婚，就是很普通的理由，兩個人在育兒觀念上產生分歧，消磨掉了彼此的愛與耐心，最後協議分手，並一人帶著一個孩子走。

如同我和柚子之前的猜想，他們之後都各自找到伴侶，並且一直擔心雙胞胎之間若知道彼此存在，會剪不斷理還亂，他們一直想著，等到我們大一點，足夠成熟去面對，且即便我們姊妹自己見面也不會讓他們這對前夫妻有所牽扯的時候，再告訴我們就好。

結果，卻在最糟的情況下，讓我們知道這件事情。

我不怪爸媽，他們什麼錯都沒有，意外不是可以預料的。

唯有一錯的，是我，是我和柚子交換，柚子是代替我死的。

我決定成為柚子活下去，不想讓爸爸獨自悲痛，才會提出這個想法。

好在媽媽也同意了，表面上跟媽媽要了爸爸的電話，實際上我早就知道爸爸的號碼，一進到房間後立刻打給爸爸。

每一次和柚子交換身分的時候，我們也都會交換手機，我們姊妹倆沒有任何秘密，手機裡頭有許多我們往來的訊息。

在柚子發生意外的時候，她的手機也被公車壓爛，粉碎到無法還原，所以我的手機也毀了，同時我和柚子聯繫的證據也消失，如今只存在柚子這台手機裡。

我打了電話給爸爸，大概是不知道來電者，響了很久他才接起。

「喂……」爸爸的聲音十分憔悴，讓我一聽就忍不住眼淚狂掉。

「爸爸……」我開口，爸爸一聽到就倒抽一口氣，顫抖不已。

「柚詩……」他哭著，但是喊的卻是柚子的名字。

我和爸爸約好了週末要見面，來到約定的咖啡廳，這是之前我曾經一直吵著要吃的咖啡廳，爸爸和阿姨卻找不出時間帶我來，沒想到會在這樣的情況下前來。

對爸爸來說，或許是爸爸的補償心態。

再次見到爸爸，我還是對他的憔悴感到心痛，但是爸爸很努力擠出笑容，對我揮手。

「柚子啊，這邊。」

「爸爸。」我笑著，坐到了爸爸面前。

「我不知道妳喜歡吃點什麼，所以還沒點餐。」

「我不挑食，什麼都吃的。」我看著爸爸，希望自己和他見面的時候，能多少舒緩他的情緒。

「那我們點牛排？沐詞也最喜歡牛肉了。」

「好呀！」我開心說著，但忽然想到，柚子不吃牛肉的。

我不是說了要以柚子的身分活著嗎？那我就該拋下自己才對，柚子不吃，我也不該吃。

「對不起，爸爸，我不能吃牛肉。」我咬著唇，忍痛說出，「因為以前吃了之後腸胃炎，所以……」

「啊，對不起，爸爸都不知道……」爸爸十分著急。

「沒關係啦，爸爸不知道是正常的，誰叫媽媽都不跟爸爸說呢。」我忍不住笑了。

爸爸凝視著我，嘆了一口氣後說：「明明不是沐詞，我卻覺得就像是在跟沐詞說話，這也是當然的……因為妳和沐詞就是雙胞胎啊……」

眼見爸爸又要哭了，我趕緊抓住爸爸的手，「爸爸，雖然我沒辦法代替沐詞，但是爸爸只要想見我的時候，隨時都可以跟我聯絡的！」

「真的？」

「嗯，當然是真的！」我誠摯說著。

即便媽媽不同意，我也不會讓步的。

「那……柚子，下次我們見面的時候，我帶阿姨一起來可以嗎？阿姨也很想念沐詞……」

阿姨想念我？是真的嗎？

不，我怎麼能懷疑阿姨呢？

這些年來，阿姨視我如己出我會不知道嗎？我只是不想承認罷了。

「嗯，阿姨她還好嗎？」

「她……不是太好，她把沐詞當親生女兒一樣，從小就十分嚴厲，沐詞當然不服氣啦……不過這麼多年過去了，她們兩個人的感情也越變越好……」爸爸苦笑，「下次……也讓阿姨見見妳吧，她會寬心很多的。」

「嗯，一定。」我握緊爸爸的手。

那一頓飯我吃得五味雜陳，一方面想讓爸爸開心一點，一方面看見爸爸提到沐詞的神情，我還是會一陣心痛。

離開餐廳以後，爸爸想要送我回家，我想要一個人的時間沉澱一下，所以婉拒了爸爸。

因為才下過大雨，路上都是水窪。我走在回家的路上，一邊閃過那些水窪，一邊忍不住掉下眼淚。

我應該做得很好吧？柚子？

就在這時候，我遇見了徐允澤，他似乎跟著我一段路了，是直到我彎腰綁鞋帶的時候才發現他。

「你怎麼在這？」我立刻擦掉眼淚，露出微笑。

「不用笑。」他語氣很差，遞了衛生紙過來，「想哭就哭，不要勉強笑，很噁心。」

「噁心……怎麼能這樣跟女生說話呢？」我接過他的衛生紙，擦掉自己的眼淚。

「妳為什麼在學校都要一直笑？」

「不笑，難道要哭嗎？」我又笑。

「不是那種假仙、討好的笑，想笑再笑就好，為什麼妳很像女生版的馮品正？」

「什麼意思？」

「好像急著和每個人都要很好，感覺在討好每個人一樣，馮品正至少還很真，但妳是刻意的，為什麼？」

「哇，你很敏銳呢。」我忍不住一笑，既然他都能發現到這種程度了，我隱瞞也沒有意義，「我的確想和每個人都保持良好關係，你要說這是討好我也認了，但我沒有不真心。」

「那是為什麼？」

「因為我想要朋友。」我看著徐允澤，「我不知道你有沒有注意過剛開學的我？每天幾乎獨來獨往的，你知道那有多痛苦嗎？好不容易我抓到機會，可以和班上的女生開始有交流，我當然要趁勝追擊，我想要多一點的朋友有錯嗎？」

「……」

「你們男生一定不能理解，班級的友情對我們女生有多重要。」我搖頭，「謝謝你的衛生紙，那我先走了。」

「對我妳也是那樣嗎？」

我狐疑地看著他。

「妳說喜歡我，也是為了維持妳班上的友情？」

風吹過他的頭髮，在這大雨過的午後，金黃的陽光反射在地面上，那些水窪瞬間像是金黃色的草堆一般，他看起來像是站在金黃色的草原上。

就像是……我第一次見到柚子那樣！

「嗚……」我忍不住摀住自己的嘴，原地蹲下後開始哭泣。

「妳、妳怎麼了？」徐允澤趕緊過來安慰我，他有些手忙腳亂，和那酷酷的外表有些不相符。

「我說的話有那麼讓妳傷心？還是我說中了？妳不能只是哭，要講話啊。」他說了一堆，我卻只想著柚子。

我們坐在便利商店外面的椅子邊，徐允澤買了兩罐蔬菜汁，一罐交給我，讓我有些驚訝。

「怎麼會買這個？」

「因為這是我最喜歡喝的。」

「難得男生會喜歡蔬菜汁呢。」我好笑地看著包裝上面寫著蔬果健全這四個字，「我喜歡喝可樂。」

「可樂，跟雪碧一樣。」徐允澤聳肩。

「才不一樣耶，一個是黑的、一個是白的，雖然都是汽水，外觀就差很多，喝起來也大不相同。」我極力抗議。

啊，不過印象中，柚子好像比較喜歡喝雪碧。

「妳剛剛哭什麼？」徐允澤把話題拉回剛才的事情上，而我聳肩。

「沒什麼。」喝了口蔬菜汁，我繼續說：「你可能懷疑我喜歡你是為了受歡迎，畢竟你在女生之間人氣很高。但不是的，我從開學就注意到你了，還覺得你很帥。」

我邊說邊把手機裡面，柚子偷拍他的那些照片給他看，徐允澤一愣：

「你是跟蹤狂嗎？」

「不是。我只是想要證明我真的喜歡你。」為了柚子，我一定會讓他成為程柚詩的男朋友。

「你不用覺得有壓力，真的不喜歡我的話，到時候拒絕我就好，只是不要沒讓我表現機會，就急著拒絕我。」我站起來，對徐允澤搖晃了一下手裡的蔬菜汁，「謝了，真的蠻好喝的。」

「妳真的很奇怪呢。」徐允澤一笑，也站了起來，「好啊，我就拭目以待了。」

從那次以後，徐允澤不再拒我於千里之外，與其說我瘋狂的追求他，不過就是我勇於表白以及表現罷了。

例如在他打籃球時，我會在場邊叫好：「好帥呀！愛你！」

他考到不錯的成績時，我會在下課稱讚他，不過這一點他不領情，因為我的成績比他還要好，所以他覺得我就是在嘲笑他，真是冤枉。

但是看他鬧彆扭的樣子，我總覺得他有點可愛。

有一次，我看見合作社有賣蔬菜汁，我便買了一罐放到他桌上，走回自己的位置時，才發現上面放了罐可樂。

「徐允澤放的喔。」宋薇婷對我淺笑，原來大家都默默地守護著我們呢。

在我熱切追求徐允澤的時候，劉佑睿一直以來都保持低調的模樣。我曾經聽過蘇小乖跑去問劉佑睿還喜不喜歡我，這件事情讓許晏寧不是很高興，但劉佑睿當時並沒有回答。

就在某一天，劉佑睿忽然在早自習的時候站了起來，一開始大家都以為他是要去洗手間，可是他卻朝我的方向走來。

我先聽到了蘇小乖倒抽一口氣的聲音，再來就是馮品芷輕聲喊徐允澤的聲音。

「程柚詩。」他這麼喊我，而我抬頭看。

他的表情沒有任何變化，不是緊張，也不是害怕，像是一種覺悟。

「我喜歡妳。」

「哇！」全班比我還先快發出了聲音，而我下意識往徐允澤的方向看去，注意到他的臉色變得難看。

空氣彷彿凝滯了幾秒，劉佑睿率先開口。

「妳不用回答我，我只是想說而已。」說完，他就走回了自己的位置，坐下來繼續看書。

說實在的，我很同情他。但是沒辦法，感情就是這樣，畢竟柚子喜歡的人是徐允澤，對吧。

所以我低下頭看看書本，又抬頭看向徐允澤，接著對他比出了愛心。

「……！」徐允澤被我的行動嚇了一跳，轉過頭也把注意力集中在自己的課本上。

班上傳來竊竊私語，但身為主角的我們三個人都已經沒有其他動作了，這樣的討論聲音也就逐漸消失。

慢慢的，這件事情只存在大家心中，不會特意說出來的八卦。

在滿三個月的時候，我做了一件很誇張的事情，就是去買酒精膏，然後在中庭擠出「和我交往」這幾個字，在許晏寧把徐允澤帶到教室外的走廊往下看時，我則在中庭點火。

「徐允澤～～你看清楚啦～」我一邊喊，一邊點著火。

不過我失算中文筆劃多，點火要分好幾次，結果「往」這個字還沒點完，教官已經衝出來抓人，畢竟在校園點火這件事情很嚴重啊！

導致我的再次告白變成「和我交」這三個字，我甚至聽見馮品正在說：「和我交配」這種低俗的話。

不過，我同時也捕捉到了徐允澤滿臉通紅的模樣。

於是這件事情讓我被記了一支小過，同時也被媽媽和繼父知道，當他們知道我點燃酒精膏是為了追求一個男生時，他們那目瞪口呆的模樣堪稱經典。

也因此，徐允澤就這麼跟我交往了。

在與他交往了以後，我開始了解他，並且逐漸喜歡上他。

戀愛中的他，真的非常、非常可愛，像隻小狗狗一樣跟著我，每一次照相都會將頭靠在我的頭邊。

跟別人說是我先追求他的，誰都不相信。

我們度過了許多特別的時刻，像是第一次跨年、牽手、爭吵、和好、親吻，等到有一天，當他抱住我的時候，喊了一句：「柚子，我喜歡妳。」我內心深處忽然有個聲音吶喊著——

我不是柚子，我是沐詞。

我想要，他喊我的名字。

喊我沐詞。

在那個瞬間，我非常震驚，也讓我明白，我是真的喜歡上他，早就不是為了柚子，而是自己控制不了內心，喜歡上了這個該屬於柚子的男人。

當我意識到這一點的時候，每次我喊著許晏寧：「寧寧。」，而她會笑著回喊著我：「柚柚。」我竟然也會浮現：「我不是柚子。」的想法。

之後，這狀況甚至蔓延到了馮品正、蘇小乖、劉佑睿、宋薇婷等其他同學身上。

一雙雙把我看成柚子的眼睛，我承受不了，那屬於程沐詞的我，正在哭泣吶喊，因為我扼殺了她。

「柚子，妳還好嗎？」

我睜開眼睛，看見穿著睡衣的媽媽焦急地看著我，我才發現自己似乎是在睡夢中哭喊了，而且聲音大到吵醒了媽媽和繼父。

繼父此時站在門口擔憂地看著我，媽媽則不斷地用雙手安撫著我的臉頰，「柚子，沒事吧？媽媽在這裡，妳作惡夢了嗎？」

「我不是柚子……」我哭了起來，「我不是柚子啊……」

「柚子……」媽媽看向外頭的繼父，然後坐上床邊緊緊抱著我，「沒事的，柚子，媽媽在這……」

我不是程柚詩，我是程沐詞。

我以為我做好了準備，能夠放下自己的人生，但最後，我卻渴望著自己的名字能出現在我所愛的人的嘴中。

08

「柚子，她就是沐詞的阿姨，也是爸爸的太太。」爸爸對我介紹著阿姨，而我非常訝異阿姨變得很瘦，至少瘦了五公斤。

「柚子，妳好……妳真的，好像沐詞呢……」話說到這，阿姨的眼眶再次濕潤，爸爸立刻抽了張衛生紙給她。

「對不起，我只是……」阿姨緊張地擦去眼淚。

「沒事的，不要緊。」爸爸安慰著她。

「您、您還好嗎？」我非常震驚，阿姨的狀況比爸爸還要嚴重。

「我就是……太想念沐詞了。」阿姨掛著勉強的笑容，「不介意的話，讓我多看看妳好嗎？」
我的心幾乎要粉碎，在這個時候我才意識到，阿姨有多愛我，她是真的、真的把我當做她的親生女兒一般。
「以後我們會多見見她，但是也要收斂些，她是柚子，不是沐詞。」爸爸抓著阿姨的手，輕輕說著。
「嗯，嗯，我知道……」阿姨看著我，扯出微笑，「謝謝妳，柚子，為了我這毫無相關的外人，空出了這樣的時間。」
阿姨，我不是柚子，我是沐詞。
我在內心吶喊，眼前似乎逐漸漆黑，所有的聲音都要聽不見。
我無法活得像柚子，卻又放不下柚子，可是又沒辦法完全抹煞掉身為沐詞的自己。
最後，只會變成一個四不像的怪物。
就這樣，我宛如行屍走肉般度過了好幾個月，我確實開心，卻又無法真正的打從心裡的愉悅。

我是真的喜歡許晏寧這個朋友，也愛上徐允澤這個男友，然而他們認知的我，卻都不是真正的我。

我漸漸覺得，我不是為了柚子而活，是我搶走了她的人生。

如果今天她沒有死，那我現在的生活，就有可能是她真正的生活。

如果那天我們沒有交換，現在她還會好好的在這裡。

然而我搶走了她的好朋友，甚至搶走了她喜歡的男人。

「柚子，妳還好嗎？妳最近怪怪的。」徐允澤伸手摸了我佈滿冷汗的額頭，我卻用力地甩開他。

「柚子？」他很錯愕我的行為，以為是他做錯了什麼事情。

「不要叫我柚子！」我摀著臉，我並不是柚子，但卻不能喊。

可是這樣的念頭已經要把我逼瘋了！

「程柚詩，妳到底怎麼了？為什麼最近這麼奇怪？」徐允澤抓住我的肩膀，帶著擔憂與些許不悅。

「我奇怪？我怎麼奇怪了？」

「就是很不像妳，情緒起伏很大，也老是說一些奇怪的話……妳發生什麼事情了？告訴我啊。」

「不像我……那怎麼樣又像我了？你真的知道我是怎樣的嗎？」我笑著，但眼淚卻不斷掉著，你知道我是誰嗎？你愛的又是誰？

「程柚詩！」

「不要叫我程柚詩！」我用力尖叫，甩開了他的手，然後往家裡的方向跑去。

徐允澤傳了好多的訊息，也打了好多通的電話，我都沒有回應。

我只是趴在床上不斷哭著，哭累了就睡著。

可是我卻在夢中見到了程柚詩。

她穿著青藍高中的制服，渾身是血且滿臉怒容地瞪著我。

妳搶走了我的人生！搶走了我的朋友！搶走了我喜歡的人！搶走了我的名字！我的媽媽！我的繼父！我甚至連牌位上的名字都不是我的！我沒有名字，成為了孤魂野鬼！這一切都是妳害的！要是妳沒有找到我！沒有告訴我我們是雙胞胎！那今天我就不會死！都是妳害的！

「不要——」我大聲尖叫，醒來又在柚子的房間、柚子的床上，媽媽的腳步聲從外面奔跑過來，打開了房門。

「柚子！妳怎麼了？」媽媽的臉十分難受，「最近怎麼了……怎麼會一直……一直這樣做惡夢啊……」

我只是抱著媽媽不斷哭著，柚子在夢中責怪我，那是不是她的託夢？因為我搶走她的人生……還毀了爸爸和阿姨的家庭……

我實在是太常、太常在深夜做惡夢後哭喊著驚醒，媽媽要我去看看精神科醫生，那是我第一次和陳葳醫生見面。

她有著親切的笑容，看起來也十分漂亮，重點是好像無論我說什麼，她都會相信我、包容我。

「是不是我所說的每句話，醫生妳都不能告訴別人？包含我的家人？」我問。

「是的，但若是妳會傷及自己的性命，那我就必須告訴他人。」陳葳醫生也老實回應。

「真的嗎？即便我是未成年，妳也會盡保密義務？而不是跟我說一套，又轉頭告訴我媽媽和繼父？」

「我發誓，絕對不會說，這是我的職業道德。」陳葳醫生微笑。

「醫生啊……妳看過我的檔案吧？知道我有雙胞胎姊姊吧……我覺得她的死是我的錯……」我將一切的事情都告訴了陳葳醫生，當然沒說出自己和柚子交換身分這件事情。

我再無助，也知道不能把所有事情告訴一位剛見面的醫生，我對她還沒有信任感。

即便我所說的不是全部的事實，還是讓陳葳醫生聽得眉頭微皺，但從頭到尾都是安安靜靜地聽著我說。

「妳認為……姊姊的死亡是妳的錯，因為要是小時候是妳讓爸爸帶去，姊姊讓媽媽帶去，那這件事情就不會發生了是嗎？」

「對……」

「妳會認為，這件事情是父母的錯嗎？」

「為什麼？怎麼會是父母的錯？」

「因為要是爸爸選了妳，媽媽選了她，那這件事情就不會發生了。」

「不、不是的，不是他們的問題，是如果我選擇要跟著爸爸，那就……」

「不是爸媽的問題，也不會是你的問題，更不是妳妹妹的問題。做錯的，是酒駕的那個人。」陳葳醫生說著，面帶微笑看著我，「妳善良又勇敢，當妳每次認為是自己的錯的時候，就想想，這也不是妳父母的錯。」

我意識到，如果我不把所有的事情說出來，那根本無法解決我的情緒，但我又不能簡單地把這件事情說出來。

每次見陳葳醫生，我都要想其他的理由來說明我的罪惡感，說明為什麼我還會做惡夢，說明為什麼症狀沒有改善且日益嚴重。

這些說明，讓我的壓力更重，於是在最後一次去見陳葳醫生的時候，我決定告訴她實話。

反正……我講了些什麼，陳葳醫生也不會相信吧。

所以那一次我都告訴她，說著我其實和程柚詩交換了身分，我是她的姊姊程沐詞，是因為這樣子我才會感到罪惡深重。

「柚子，謝謝妳願意告訴我。我們從暑假就開始會談，我想或許妳該逐漸放下妳姊姊的事情，很快就到了她離世的一週年，妳不能這樣子去見她啊。」陳葳醫生果然不相信我的話，但她也提醒了我一件事情，程柚詩死去的一週年忌日就要到了。

「謝謝醫生。」我起身，「我想這是最後一次來見妳了。」

「我們的療程還沒有結束呢。」

「因為妳剛剛提醒了我這件事情，就是程沐詞的一週年……」我低下頭，又抬起看著陳葳醫生，「我真的不能這樣子見她，我要振作一點才行。」

「很高興妳想通了，有任何需要幫助的話，歡迎妳隨時回來。」陳葳醫生站起來與我握手，我也回以微笑。

於是，和媽媽離開醫院的時候，我想起這段時間自己對徐允澤還有許晏寧的態度，他們都搞不清楚為什麼我的情緒起起伏伏，甚至對他們的態度都很差，拒他們於千里之外。

就別說徐允澤跟我吵過多少次了，連許晏寧也和我吵了起來，還問哪有朋友做成這樣，我甚至回她：「那就別當朋友了啊！妳又了解我什麼？」

我知道，那樣對他們來說很不公平，只是我過不了自己內心那一關，當我越往死胡同裡鑽牛角尖，就越是無法輕鬆對待。

然而，陳葳醫生的話提醒了我，我沒辦法用這個模樣見柚子，我也無法歸還柚子的人生，她的墓碑上甚至不是她的名字。

要是我也去陪她，那就可以了吧？

想到這一點，我忽然……輕鬆了很多。

那是這些日子來，我第一個沒有做惡夢的夜晚，安穩入睡，那表示柚子也認同吧？

柚子，也在等我。

在某個滂沱大雨的那天，我走過了柚子當程沐詞時走過的路，繞了好大一圈，還去見了鄭伯伯。

原本我也想見見阿姨和爸爸，當做是最後一面，可是想想算了，太殘忍了，所以我只和鄭伯伯打了聲招呼，並且請他不要告訴他們，然後我就離開了。

接著我又搭了捷運回到柚子的家，淋著雨感受冰冷滲入骨頭的觸感，坐在公園的鞦韆上，想著今天自己走過青藍高中校門前時，想像著柚子一個人倒在那，她眼睛最後所見的是什麼畫面，她會不會痛？而她……後不後悔？怨不怨恨我？

她害怕嗎？寂寞嗎？有沒有哭？

如果我也能陪在她身邊就好……

「柚子？」

我緩緩抬頭，大雨滂沱，我看不清楚來者為誰，但這聲音很是熟悉。

「妳怎麼一個人在這？下雨耶。」劉佑睿的臉出現，他撐著雨傘，看起來有些擔憂。

「是你啊……」我扯了嘴角一笑。

「妳還好嗎？要不要我打給徐允澤？」

「為什麼每個人見到我，都要問『我還好嗎』？我看起來有這麼不好？」

「妳現在的確看起來很糟。妳最近和徐允澤跟許晏寧都處不好，不是嗎？」

「你還真關心我，劉佑睿，你就這麼喜歡我嗎？你什麼時候開始喜歡我的？」我冷笑。

「……」

「抱歉，我不是故意這樣說話。」我想起劉佑睿從一開始就喜歡柚子，只有他……只有他真的看見柚子。

「我喜歡妳沒錯，我不知道妳怎麼了，妳現在不像是我初次見妳的模樣，那是我一見鍾情的時候。」

「當然不一樣，因為你喜歡上的不是我。」我大笑起來，「你喜歡的是程柚詩啊！」

「妳不就程柚詩嗎？」

「我叫程沐詞！三點水的沐，詩詞的詞！這才是我的名字！」我大笑、又大哭起來，我不知道為什麼會告訴劉佑睿這些話，連陳葳醫生都不相信，他會相信嗎？

「程柚詩！」劉佑睿又喊了我，並且抓住我的肩膀，「妳很不對勁，我打電話叫妳家人來可以嗎？」

「不用了！」我用力甩開他的手，「我要回家。」

「我送妳回去。」

「不用！你走了我才會走。」我坐回鞦韆上，靜靜地搖晃著，劉佑睿站在原地看了我一陣子，最後也轉身離開。

我不知道過了多久，才慢慢地起身，往家的方向走，一路上我能感覺到有人跟著我，在進家門前我回過頭，劉佑睿站在巷尾那，像是在確認我進家門後才要離開。

「柚子，真可惜啊……要是妳活著，說不定妳會選劉佑睿呢。」我笑著，哭著，進去了家門。

我因此生了重病，之後又感染流感，前後不舒服了將近兩個禮拜，等到我回到學校時，已經開學兩個禮拜多。

即便如此，我依舊沒有好起來的跡象。我不理會徐允澤、也不回應許晏寧，每天就如同行屍走肉一般。

終於，終於我撐到了十月。

在柚子死亡的那天，我穿上了綠山的制服，假裝出門上學以後，又折返回了家中，然後將浴缸的水放滿，並且喝掉繼父珍藏的威士忌。

帶著強烈的醉意，穿著制服，浸到了浴缸之中。

我吸入了大量的水，想溺死自己，是那天在大雨之中的靈感。沒辦法用和柚子一樣的死法，讓我非常對不起她，希望柚子能夠原諒我。

對不起，柚子，我過著原本該是妳會過的人生，卻又忘不了程沐詞這個人。

實際上我理解到一件事實，這才是我最無法原諒自己的地方。

那就是，我已經不是為了妳而活，而是為了我自己。

我喜歡綠山，喜歡這個班級所有人，喜歡許晏寧這個朋友，也愛著與我交往的徐允澤。

美其名我是為了妳，實際上，我是為了我自己。

這世界上，沒有人知道妳死了。

假如連我都遺忘了妳，那妳該何去何從？

妳的靈魂會不會消失？

對不起，搶走了妳一年的時光，我現在就會去陪妳了。

我的書桌，放著自己的遺書。

爸爸、媽媽、阿姨、繼父：

我是程沐詞，不是程柚詩。

對不起，一年前死去的人，是假扮成我的程柚詩。我沒辦法在那樣的情況下說出自己是程沐詞，讓爸爸傷心了這麼久，對不起，讓阿姨痛苦了這麼久，對不起。

對不起，媽媽、繼父。我在這種情況下說出來，帶給你們二次傷害。

我沒辦法承受這一切，每晚，柚子都在我的夢中哭喊著，我好痛苦，我搶走了她的一切。

我知道即便我死了以後，爸爸都沒看過我的日記，爸爸就是一個……這樣尊重我隱私的人。

但我和柚子的一切，都在我寫的日記之中，這台手機是柚子的，密碼是0502，會解釋一切的。

我愛你們，對不起，我要先去陪柚子了。

——

這，就是我所遺忘的那一年。

我痛哭不已，胸口像是破了一個大洞般，明白自己為什麼會選擇自殺。

但，此刻我點開手機，看著重新被填滿的相片、訊息、電話等。

點開了徐允澤的聊天室：「徐允澤，你賭對了，即便我想起了全部，這一次也不會再選擇自殺了。」

我見過我離去後眾人的模樣，不可能再讓他們經歷一次，那太不孝了。

在媽媽和繼父回來以後，我給了他們一個大擁抱。

這一次，我們終於能夠坦承相見。

媽媽說，在我自殺的那天，要不是繼父忘記拿開會的東西又折返，我真的就回天乏術了。

醫生們花了好大的力氣才把我搶救回來，在這時候，媽媽和爸爸他們也看了我的遺書與日記，他們都無法相信原來我和柚子早聯繫上並且交換身分了。

其實，他們也隱約察覺到不對勁的地方，再對照我的反應和行為，就一切合理了。

而後當我醒來，卻說出了讓他們驚訝的話，就是認為自己是程柚詩，且忘記了過去一年的記憶。

媽媽認為，這是一個機會，是上天給的恩賜。所以她要所有人都瞞著我，讓我認為自己就是程柚詩，繼續這樣過下去。

「我們不能這樣騙她啊……」爸爸哭著說。

「難道告訴她實話？讓她再自殺一次？」媽媽也哭著。

「阿姨……我認為這件事情該給柚……程沐詞決定……」徐允澤是現場唯一和爸爸持相同反對意見的人。

「她的決定你們看到了，她自殺了！」媽媽對著他們吼，「好不容易把她救了回來，也忘記了一切！這是讓她再活一次的機會……我沒辦法再失去我的女兒，為什麼你們就不能體諒我這個母親的心情？」

「我、我和阿姨保持相同的看法，徐允澤……你也看到柚子之前多痛苦了……她連我們都沒說……」許晏寧的眼睛哭得紅腫，「我們就……就隱瞞她吧，這是為了柚子好……」

「……」徐允澤握緊拳頭，不發一語。

「我尊重妳……但……如果沐詞找上我，她只要覺得有一絲怪異，我會告訴她。」爸爸這麼回。

「你敢？你要我們的女兒再死一次嗎!?」

「我不要她死！但也不要她永遠活在虛假中！當她發現不對勁主動找上我，我不會隱瞞她！我會把日記給她看！」爸爸的立場也很堅定，「我不知道該怎麼反應……我以為沐詞死了……但她其實沒死。我該開心嗎？還是該難過……我的寶貝確實是死了一個啊……」

所有人不發一語，阿姨和繼父都只能認同自己伴侶的意見，就這樣，我再次做為程柚詩開始了校園生活。

潔白的地板，來往的人群，充滿醫院獨有的味道。
我看著診間號碼輪到我的時，起身進入了裡頭。
「好久不見。」陳葳醫生對我微笑。
「陳醫生，妳演技很好呢。」我坐到了一旁的位置，陳葳醫生挑眉，接著恍然大悟。
「妳想起來一切了嗎？」
「嗯，妳明明已經聽過我說自己是程沐詞，但在我醒來後又裝作第一次見面的模樣，所以妳也是認同媽媽的想法，別讓我想起來，以免我又自殺嗎？」
陳葳醫生聽了以後一笑，「不，我是相信生命會自己找到出路。」
「出路？」
「若是妳的潛意識真的想要回到程沐詞的身分，那妳的大腦會幫助妳想起。如果妳不想要，那保護機制會繼續保護妳，無論哪種結局，我相信妳都能找到方法的。」

「沒想到醫生會講這種哲學的話，我以為會是堅定醫學呢。」

「當然醫學是我的基底，但同時我也是感性的女人。」陳葳醫生對我一笑，「妳找到了嗎？」

「算是找到了。」我有些不好意思，「麻煩了這麼多的人，還害大家傷心，我真的覺得自己還是個孩子。」

「是什麼契機呢？」

「當然在我失憶的這段時間，我沒有罪惡感地做我自己，用我自己的角度去理解，然後又恢復記憶……怎麼說，有點像是我跳出來那個漩渦，用第三者的角度去看，一切就變得沒那麼痛苦了。」我吐舌一笑，「當然有個最大的原因，就是我夢見柚子了。」

「喔？」陳葳醫生挑眉。

「這一次她不是滿臉怨恨了，她帶著笑容，穿著紅色的洋裝站在金黃的草地上，像是盛開的玫瑰一樣，很像我第一次見到她的那種感覺。」

姊姊，妳真的是想太多了。

妳都忘記了，主動提起要交換的人是我耶。

所以說，妳到底在自責什麼呢？

其實，我蠻高興妳因為我的關係，結交到了好朋友，還有了這樣棒的男友。

看著妳在綠山的生活，彷彿我也一同度過了那樣快樂的高中生活。

我真的好開心。

謝謝妳，沐詞，我好幸福。

我的眼眶含著眼淚，但卻是溫暖的淚水，我的心有一股暖洋流過，終於不是冷風呼嘯的空洞。

「許多時候，醫生只是輔助，最重要是要靠當事人自己的心態。」陳葳醫生露齒微笑，「希望這是我們最後一次見面了。」

「我也這麼想。謝謝妳，陳葳醫生。」

我走出了醫院，覺得這一次自己真的重生了。

徐允澤在外頭等我，他看起來神情放鬆了些，但還有些不暢快。

我上前牽住他的手，對他一笑，他似乎有些訝異我這樣的舉動。

「做什麼？我都想起來了，我們當然還是相親相愛的男女朋友啊。」

「……我要叫妳什麼？」徐允澤的臉頰微微紅起。

「叫我柚子吧。」我一笑，「我已經和爸媽都商量好了。」

我是程柚詩，也是程沐詞，更是他們兩個的女兒。

我的生活、朋友都在綠山，所以我會繼續在綠山高中就讀到畢業。

這段時間，我會每個月輪流去爸媽家住，兩邊我都不能割捨。

直到大學，我會搬出去，如同當初我和柚子的約定一樣。

「那為什麼還是要叫妳柚子？」

「我不是要繼續扮演程柚詩，而是為了紀念她。」

「妳確定？那程沐詞呢？」

「我就是程沐詞啊。」我一笑，「為了紀念我永遠的妹妹，你們都可以喊我柚子，但我的名字是程沐詞。」

一個已經死亡的人要改回活人，而活人要改成死亡，這讓爸媽有一陣子忙手續忙翻了。

「呵。」徐允澤一笑，忽然拉住我的手，「那妳忘了什麼嗎？」

「什麼？」被他拉近身體，讓我有些害羞。

「妳還欠我的解釋，為什麼不告訴我一切，而自以為地選擇了自殺？難道我的心情就不重要嗎？」

「對不起，我真的很抱歉。」我的拇指滑著他的手，「那時候，我認為你們都是屬於柚子的，是我搶走了她的人生，還真心愛著你、喜歡她的朋友、喜歡綠山的一切……我認為唯有割捨你們，去找柚子，才是謝罪的方式。」

「妳太傻了吧。我和許晏寧真正熟識起來的，都是妳。」

我一笑，「就是因為這樣，才更不可原諒啊。我居然搶走了柚子想要的你們，你們的回憶全是我，不是柚子。柚子就像是……被我抹煞了一樣……」

「不是抹煞了程柚詩！」徐允澤抓住我的肩膀，認真看著我，「妳讓她重生了！」

「嗚……嗚嗚，我知道柚子她不是那麼小家子氣的人，我知道柚子她不會怪我……但是那時候，我就是逃不了那個漩渦。」

我何嘗不知道呢？

柚子是那麼溫柔的女孩，她不會怪我的，只是我無法停止自己不去怪自己。

徐允澤抱緊了我，「妳已經做得很好了，程柚詩會很高興的。」

在他的懷中，我感受到了前所未有的安定，我也回抱住他，大哭了起來。

「對不起，徐允澤……謝謝你，謝謝你願意再給我一次機會……讓我想起來……」

——

一切的事情彷彿都來到了尾聲，看似有了美好的結局。

這件事情的真相，最後都告訴了程沐詞以及程柚詩的班級同學，蘇小乖問我，會不會覺得失去了程沐詞那邊的生活有點可惜？

要不是和柚子交換了身分，在青藍高中我可能也會認識要好的朋友，甚至遇到了喜歡的對象。

「不可惜，沒有什麼是可惜的。」我對蘇小乖說著，並握住她的手，「很抱歉一開始用計接近妳，但後續和妳做朋友的種種，我都是真心的。」

「沒關係，妳可能覺得自己是用計。不過……我第一眼見到柚子時……我是說真正的柚子，我就覺得她非常有氣質，有張漂亮的臉蛋。在妳和我搭話以前，我有想過總有一天會跟她說到話的。」

聽到這句話，讓我忍不住濕了眼眶，「真的嗎？」

「真的！我不說謊的。」蘇小乖抱緊了我，「我不知道妳們姊妹倆這麼辛苦，要是我早知道，我一定會更早和柚子搭話……」

「有這句話就夠了。」我著實感到欣慰。

宋薇婷在一旁拍了拍我的肩膀，她老實說道：「我是因為妳的成績好，才和妳搭上話的……如果是原本的柚子，她成績不好，我可能不會和她說話。」

「哈哈哈，她成績的確不好。」我笑了起來。

「不過……她唱歌很好聽，我在音樂課聽過，而我唱歌不好聽，所以……」宋薇婷聳肩，「如果老師要考唱歌，那我可能還是會主動問她唱歌技巧吧。」

「柚子聽到一定很高興。」我說，然後看向一旁的馮品正。

「柚子很正無庸置疑，但我對她的印象就是很正。」馮品正還比了讚，換來徐允澤和劉佑睿的白眼。

「這也是讚美。那我也謝謝你了，等於也是說我很漂亮啦。」我笑著雙手放在臉頰邊，這模樣讓徐允澤也跟著笑出來。

然後我轉向劉佑睿，他神情複雜地看著我，嘴角帶著一點苦笑，我上前去，抓起了他的手，徐允澤只是聳肩，這一次他先睜一隻眼閉一隻眼。

「謝謝你，劉佑睿。」

「……所以我真的喜歡上的是程柚詩，而妳是程沐詞。」劉佑睿看著我握著他的手，哀淒地說：「看來我是真愛呢，我潛意識……認得出妳們兩個。」

「是啊，真可惜，如果柚子活著，我原本是要叫柚子考慮一下你的。」我也笑著這麼說，劉佑睿聽了這句話後，欣慰地笑了。

「剛剛不是還說沒有可惜的事情嗎？」許晏寧揉著眼睛裡的淚水，笑著這麼說，所有人也笑了下。

這是一種，很美好的方式，在緬懷著柚子。

「沐詞，謝謝妳當我的朋友，謝謝柚子把妳帶給我。」許晏寧抓緊我的手，然後緊緊抱住我，「我真的很喜歡妳，當初也認為不告訴妳更好，我用自己的方式對待妳好，我很抱歉。」

「別這麼說……如果是我遇到一樣的事情，也很有可能會隱瞞對方……」我拍著許晏寧的背，要她別自責。

「謝謝妳，謝謝妳一直陪著我。」

「柚子……妳真的是……妳以後不管發生任何事情，都一定要告訴我，不要再自己悶著、自己決定！知道嗎？」

「絕對、絕對不會的，對不起，讓你們這麼傷心，對不起，我不該自己決定。」

我們兩個人抱著哭，每個人也跟著默默吸鼻子。

「我警告過她了。」徐允澤在一旁聳肩，然後過來把我和許晏寧拉開，「她再來就是以程沐詞的身分就學，但我們都還是稱呼她柚子……一開始，一定會有別班的無聊人過來打探，我們每個人都要盡好保護她的責任。」

「你會不會太保護過度了？」劉佑睿在一旁笑，徐允澤瞪向他。

就算他們之間已經沒有感情糾葛，還是互看不爽啊。

我揚起微笑，起來抱住了徐允澤。

「妳、妳……做什麼？」他馬上紅起臉。

「謝謝你們這麼愛我！真的謝謝你們。」我對著大家說，這真的是我最、最感謝的一點。

過去的我，被悲傷佔據，沒能見到自己還擁有的這一切，只看得見愧疚與罪惡，還有死去的柚子。

然而柚子，絕對不會怨恨我的。

她在另一個世界，看著我這樣一定哭笑不得，或許就是她把我踢了回來，不許我那麼早過去陪她。

——

今天是我回爸爸家的日子，我並沒有多攜帶行李，空手搭著捷運回到家，鄭伯伯看見我，又是驚訝。

哎呀，我還得跟鄭伯伯解釋一切呢。

「鄭伯伯，我跟你說啊……」我上前去，花了十多分鐘告訴他，鄭伯伯掉下了眼淚，說著我們這些年輕人真是讓人操心。

終於我回到了自己的家，站在門口卻覺得心跳飛快。

我嚥了口水，平靜自己的心，然後伸手按了電鈴。

裡頭傳來紛亂的踏步，阿姨快速地打開門，一見到我馬上又露出要哭的模樣，但是她馬上忍了回去，板起了臉孔說：「回自己的家，為什麼還要按電鈴？」

「說的也是。」我恍然大悟，露出了微笑，「我回來了。」

「歡迎回來。」阿姨說完，便衝過來抱住了我。

「沐詞呀，快進來。」爸爸從後頭滿臉笑容地走了出來，「這一年來，妳房間所有的東西我們都留著，也都沒有動。」

我踏入家裡，懷念的感覺油然而生，直衝我的鼻腔，不禁讓我又鼻酸了起來。

「爸爸、阿姨……」

「好了好了，別又哭了！」阿姨推著我的背，來到餐桌，「快來吃，以後就別再哭哭啼啼了，我們把眼淚都放在這一刻，知道了吧？」

我看了滿桌的牛肉、海鮮以及義大利麵，忍不住驚呼。

「妳阿姨真的是火力全開了。」爸爸在一旁稱讚，然後要我快點坐下。

「妳這個孩子真的是……怎麼能讓我們操這麼久的心！」阿姨一邊把牛肉放到我的盤子裡，一邊碎碎念著。

「好了啦，不是說好了，別唸她了嗎？」爸爸夾了花枝到我的碗中，「從今以後，妳想做什麼就做什麼，只要別再這樣消失，知道了嗎？」

「嗯……」我吸吸鼻子，然後露出微笑，「謝謝爸爸、謝謝阿姨，我開動了！」

咬下那口先嫩多汁的牛排，我食指大動，快速地拿著筷子吃著。

「慢一點，別噎著了。」阿姨也笑著。

「好，我們也快吃吧！」爸爸說。

三個人一起吃飯的畫面，或許他們曾經以為再也不可能有過，可是我回來了。

我告訴自己，以後，不會再讓他們這麼傷心。

回到自己的房間時，我再次忍不住掉下眼淚，先是發現我房間的擺設完全沒改變過，甚至連床單都沒換過，一切都停留在我離開前的模樣。我將手往棉被上滑過，想像著柚子在這的最後一夜，她對隔天的一切都充滿期待，然而卻連校園都沒踏入，就再也沒有未來。

「柚子……」

掉著眼淚，我爬上了床，鑽進了棉被之中，就在這時候，我感受到了奇怪的觸感。

我拉開了棉被，看著床單下方居然有個方形的痕跡，心頭一驚，立刻跳下床，將手伸進去被單之中。

我摸到了一個硬硬的東西，立刻拿出來，是一封粉紅色的信封，上頭寫著「沐詞收」。

這是柚子的字！她放在這下面嗎？

居然沒有被爸爸和阿姨發現嗎？

我心臟狂跳地立刻打開了那封信，柚子密密麻麻的字跡就在那。

親愛的沐詞：

嚇了一跳吧！沒想到我還會另外寫一封信，然後藏在妳床單底下～我考慮好久該放在哪，原本是想夾在參考書裡面，結果發現妳參考書都寫完了，這樣妳還會打開看嗎？

想了想，夾在小說裡面好像也不太保險，不能確定妳到底什麼時候會去翻那些書，最後決定放在妳一定會發現的地方！就是床上。

其實，一直以來我對妳有很多感謝。

但我都不敢說，應該是不好意思說，明天就要第一次去青藍了，實在是太興奮睡不著，這時候我想起以前妳曾要我寄信給妳，所以立刻下床，決定寫一封信給妳。

我一直覺得自己的生命有所缺失，卻說不上來是什麼樣的缺失，媽媽、繼父都對我都很好，校園生活也都算滿意，就是總覺得少了什麼。

在以前，不瞞妳說，我時常覺得自己應該有個手足，而且應該要是姊姊。

她會傾聽我所有煩惱，包容我所有缺點，然後會溫柔地告訴我說：「沒事的，一切有我在。」

她會幫我解決所有問題，打跑欺負我的人，當我最要好的朋友，她知道我所有秘密，也會幫我隱瞞所有秘密。

我一直有著這樣的感覺，明明我就沒有姊姊，卻如此堅信該有一個這樣的人存在。

那個時候，妳彷彿就像是聽到了我的呼喚一樣，就這麼出現了。

原來，我真的真的，有一個姊姊呢。

妳不知道在我得知妳存在的那天晚上，哭得有多慘、有多高興。

我一直以來，都好想擁抱妳，卻因為害羞而做不到。

我決定下一次和妳見面的時候，要用力地抱緊妳。

其實我最想跟妳說的是——

謝謝妳，沐詞。

謝謝妳發現了我，謝謝妳找到我，謝謝妳通知我。

謝謝妳，是我的姊姊。

妳是我這輩子最愛、最愛的人，無論何時、無論何事，就算全世界都與妳為敵，我也會永遠站在妳這邊。

我是妳最堅強的後盾，雖然現在都是妳幫我的忙比較多，但是、但是，我的心靈是強大的，所以我一定、一定也能成為妳的支柱！

這輩子、下輩子，我們都要當姊妹喔！

愛你的柚子

柚子，永遠不會怪我。

對不起，柚子，我居然那樣錯怪妳，還因此遺忘了妳。

我靜靜淌著淚，與她做了道別。

謝謝妳，柚子。
謝謝妳來當我的妹妹。
我們下輩子，還要當姊妹。

尾聲

「東西就只有這樣嗎？」徐允澤看著我的小行李箱，似乎有些訝然我東西這麼少。

「反正缺什麼再買就好了啊。」

「是沒錯……」徐允澤推著我的行李箱，「那我這樣根本不用來幫妳搬。」

「所以我昨天不是就說了，我自己搬就好，你就硬要跟來～」我故意說著。

「我想說妳是客氣……」

「我們都交往幾年了，我還會客氣？」我笑著，而爸爸從車上下來，打開了後車箱。

「好啦，還不快點上車，還得報到呢。」

「好～」我轉頭對著媽媽揮手，「媽，那我走了喔。」

媽媽哽咽著又過來抱緊我，「到了那邊要好好照顧自己，還有時常跟我聯絡、一個月至少要回來一次。」

「哎呀，媽，我一定會的，不要擔心。」我也緊緊回抱媽媽，然後也往繼父的懷裡鑽，「謝謝你一直以來都把我當親生女兒一樣照顧。」

「無論是妳還是柚子……都是我的女兒。」繼父也抱著我，他就像是我親生的父親一樣。

阿姨從副駕駛座對媽媽和繼父微微行禮，然後要我們趕緊上車，我和徐允澤坐上後座，再次對媽媽和繼父說再見。

「到了那邊以後，晚上回家拿鑰匙要確認後面有沒有人跟著，還有鞋子不要放在租屋外面，別讓人家一看就知道這個家只有女生，還有……」

「阿姨，不要擔心，我住在她隔壁，很安全的。」徐允澤立刻說，但是阿姨從後照鏡看……應該說是瞪著徐允澤。

「我更擔心你！年輕氣盛的，就住在隔壁……不要晚上不回去睡覺，給我大著肚子回來。」

這句話逗得我和爸爸哈哈大笑起來，而徐允澤則紅起臉。

「不、不會啦，阿姨，我們才不會……」

「不會怎樣？」

「……」徐允澤也不敢保證。

「好了啦，不要逼年輕人，他們自己會有分寸的。」爸爸這麼說。

「好難得是爸爸看得開呢。」我坐在後頭嘻笑著，還不忘調侃一下。

「當然啊，只要妳健康開心又平安的成長，那就夠了，爸爸要求的不多，這樣就好了。」爸爸轉動方向盤，上了交流道，「答應我，好好照顧自己，知道吧？」

「一定會的，爸爸！」

「允澤啊，沐詞就交給你了喔。」

「沒問題的！叔叔！」徐允澤坐正身體，只差沒有舉手敬禮了。

我看著爸爸和阿姨，想著媽媽和繼父。

我何其有幸，擁有兩對爸爸與媽媽。

我和徐允澤考上了一樣的大學，遵守著我和柚子以前的承諾，現在搬出來自己住。

雖然柚子不在，但是她的心與我同在，我會連同柚子的份，開心時要開心兩倍、玩樂時也要玩樂兩倍、念書時兩倍、歡笑時兩倍……傷心時，只要一半就好、難過也只要一半。

無論什麼時候，只要我的身邊有他們，有徐允澤，我就一定能夠跨越。

「妳看外面。」

車窗外，遠方的海面在陽光著照射下，變得像是金黃色的草原一般，就像是我第一次見到柚子時，那反射陽光的模樣。

柚子也在為我送行。

「柚子，看著我。」

我輕聲地對她說。

一路順風，沐詞。

全文完

【後記】——以愛為基底的故事

很開心和大家在悅知文化見面，我是尾巴～

有沒有覺得又是雙胞胎？

到底尾巴是有多喜歡雙胞胎呢？為什麼這麼愛寫雙胞胎的題材呢？

而且尾巴還能寫出怎麼樣的雙胞胎故事呢？

寫完這次後，怎麼有種好像已經快用完雙胞胎靈感的感覺了呢，哈哈。

一開始想的故事，和現在與大家見面的是完全不一樣，唯一留下的大概只有男女主角的名字。

不知道大家看完這個故事，會不會覺得愛情的比重不高呢？

在寫這個故事的時候，希望把焦點放在「柚子」找尋失去的那一年記憶，並且營造周邊的人都不可信任，只得靠自己挖掘真相。

並且在事情逐漸明朗的過程，感受到友情與愛情的不離不棄，讓大家從這一點去明白他們之間的友誼以及愛情有多深刻。

而媽媽和爸爸的對比，與繼父、阿姨的存在，讓對女兒的愛昇華不少。每個人的作法都不同，但每個人都是以愛為出發點，有時候我們可能無法接受某種愛的表現，也不是說有了愛就能夠不顧當事人的感受。

這時候抗衡的力量就很重要了，爸爸、徐允澤的設定，就是這樣的存在。

這是一本以愛為基底的故事。

希望大家在看完了以後，都能夠感受到每個角色在處理與愛衝突時的反應皆不相同，也能從蛻變後的沐詞感受到，當她抽離了那份痛苦後，所見到的世界是如此的不同。

有時候我們深陷在泥沼時，會因呼吸困難而看不見前方的路，看不見伸出的手，看不見他人的關懷。

如果有個機會，讓我們再次回到掉入泥沼前，便能看見有人提醒我們避開，或是看見有人牽著我們的手慢慢引導。

沐詞的罪惡感滿溢到，若是活得開心、順利，就越感到痛苦萬分，甚至認為獨活的自己是個錯誤。

假設角色轉換過來，沐詞在假扮成柚子時離開了，那柚子會怎麼做呢？

雖然不知道柚子會怎麼做，但我們都知道沐詞絕對不會怪柚子的，就跟柚子不會怪沐詞一樣。

她們是註定的姊妹，下輩子也還會當姊妹的。

希望你們喜歡這個故事，歡迎你們和我分享感想！

尾巴

對你說的謊

作　　者　尾巴
發 行 人　林隆奮 Frank Lin
社　　長　蘇國林 Green Su

出版團隊
總 編 輯　葉怡慧 Carol Yeh
企劃編輯　鄭世佳 Josephine Cheng
責任行銷　鄧雅云 Elsa Deng
封面設計　Z設計・鄭婷之
版面構成　譚思敏 Emma Tan

行銷統籌
業務處長　吳宗庭 Tim Wu
業務主任　蘇倍生 Benson Su
業務專員　鍾依娟 Irina Chung
業務秘書　陳曉琪 Angel Chen
　　　　　莊皓雯 Gia Chuang
行銷主任　朱韻淑 Vina Ju

發行公司　精誠資訊股份有限公司
　　　　　悅知文化
　　　　　105台北市松山區復興北路99號12樓
訂購專線　(02) 2719-8811
訂購傳真　(02) 2719-7980
專屬網址　http://www.delightpress.com.tw
悅知客服　cs@delightpress.com.tw
ISBN：978-986-510-225-8
建議售價　新台幣340元
首版一刷　2022年07月

國家圖書館出版品預行編目資料

對你說的謊／尾巴著. -- 初版. -- 臺北市：精誠資訊, 2022.07
面；　公分
ISBN 978-986-510-225-8（平裝）
863.57　　　　　　111008518

建議分類｜華文創作・小說

悅知文化
Delight Press

線上讀者問卷 TAKE OUR ONLINE READER SURVEY

遺忘了一年的記憶，
真的還有辦法做自己嗎？
會不會找回了記憶以後，
我就不再是我自己了呢？

——《對你說的謊》

請拿出手機掃描以下QRcode或輸入以下網址，即可連結讀者問卷。
關於這本書的任何閱讀心得或建議，歡迎與我們分享 ◡̈

https://bit.ly/3ioQ55B